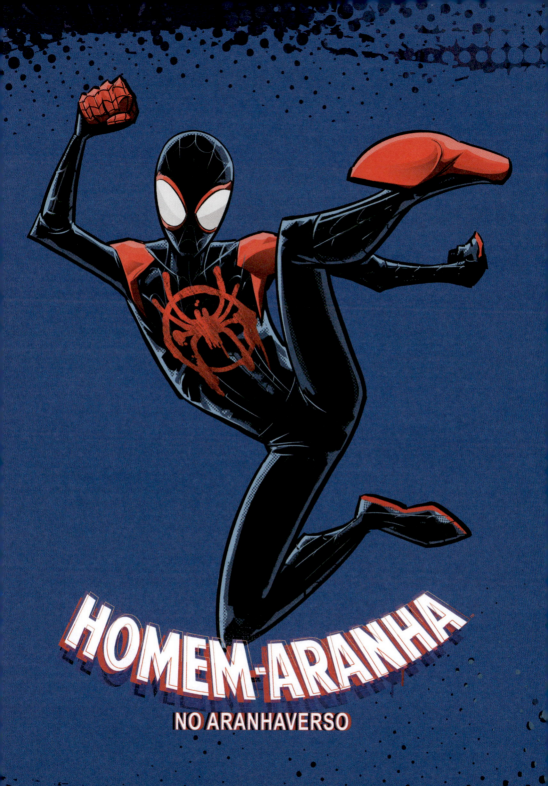

MILES

nasceu no Brooklyn, tem 13 anos e é um Homem-Aranha diferente de tudo que já vimos antes. Ele é um adolescente brilhante que gosta de sair com os amigos e se divertir. Mas o que seus amigos não sabem é que Miles também está aprendendo a abraçar uma vida totalmente nova e inesperada como o novo Homem-Aranha!

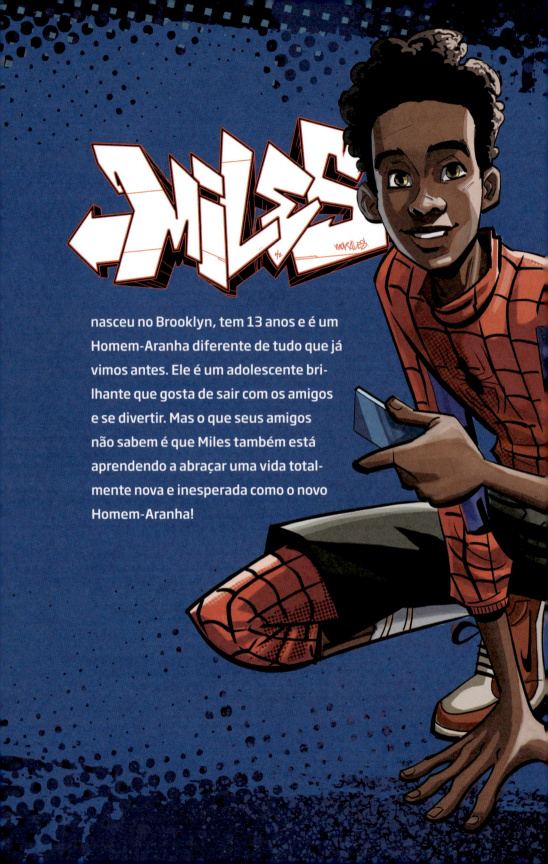

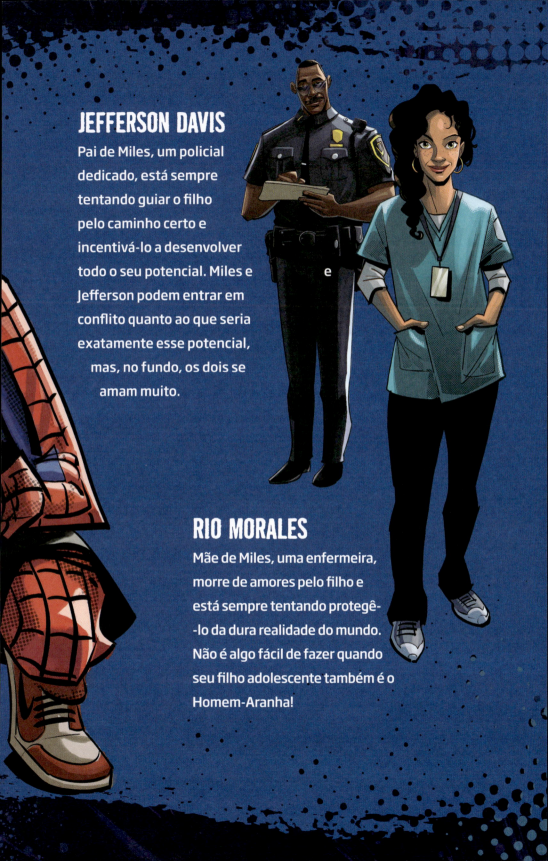

JEFFERSON DAVIS

Pai de Miles, um policial dedicado, está sempre tentando guiar o filho pelo caminho certo e incentivá-lo a desenvolver todo o seu potencial. Miles e Jefferson podem entrar em conflito quanto ao que seria exatamente esse potencial, mas, no fundo, os dois se amam muito.

RIO MORALES

Mãe de Miles, uma enfermeira, morre de amores pelo filho e está sempre tentando protegê-lo da dura realidade do mundo. Não é algo fácil de fazer quando seu filho adolescente também é o Homem-Aranha!

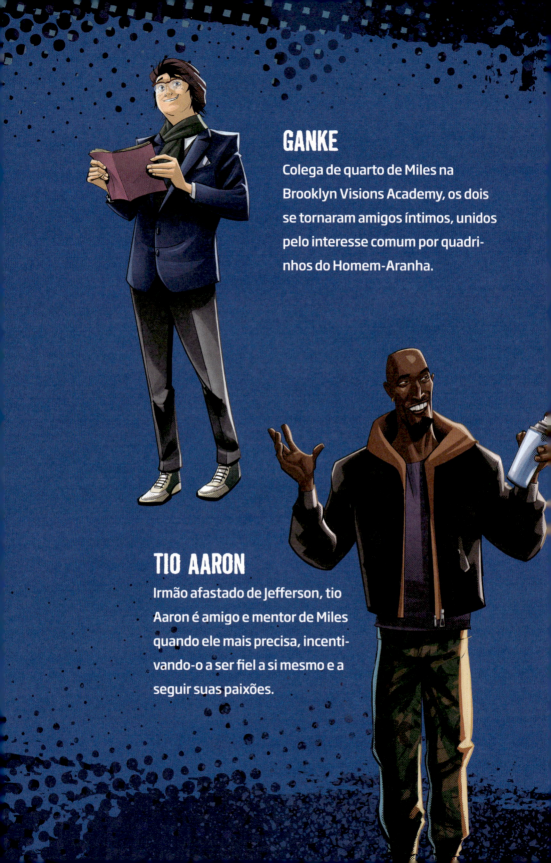

GANKE

Colega de quarto de Miles na Brooklyn Visions Academy, os dois se tornaram amigos íntimos, unidos pelo interesse comum por quadrinhos do Homem-Aranha.

TIO AARON

Irmão afastado de Jefferson, tio Aaron é amigo e mentor de Miles quando ele mais precisa, incentivando-o a ser fiel a si mesmo e a seguir suas paixões.

PETER PARKER

Anos de uma vida de super-herói tiveram um peso sobre Peter Parker. Peter jamais pensou que acabaria sendo um mentor para a geração mais jovem de heróis, mas treinar Miles Morales, um Homem-Aranha novinho em folha, para que ele entenda a importância do poder e da responsabilidade, dará a Peter um novo olhar positivo sobre vida.

GWEN-ARANHA

Corajosa e independente, Gwen Stacy, de 15 anos, é a Mulher-Aranha de seu mundo, conhecida como Gwen-Aranha! Inteligente e perspicaz, Gwen tem um senso de humor aguçado e é uma líder natural. Depois de ser levada de seu mundo e jogada no de Miles, ela está desesperada para voltar para casa, mas também encontra tempo para ajudar Miles a se ajustar aos novos poderes.

HOMEM-ARANHA NOIR

Um Peter Parker de um universo paralelo, ele é uma versão mais sombria e séria do Homem-Aranha que lutou contra o crime durante a Grande Depressão em 1933. Ao contrário da maioria dos Homens-Aranha, o Homem-Aranha Noir não tem muito senso de humor, e tem noções antiquadas que tornam mais difícil para ele se ajustar ao mundo moderno de Miles.

PRESUNTO-ARANHA

É o Homem-Aranha... como um porco de desenho animado! Presunto-Aranha, também conhecido como Peter Porker, é um integrante doce e bem-intencionado da Família Aranha. Ele sempre tenta fazer um elogio ou uma piada, mas, apesar de seu comportamento brincalhão, ele leva seu trabalho como Homem-Aranha muito a sério e luta ao lado dos outros com seu tipo especial de fúria cartunesca.

PENI PARKER & SP//dr

é uma garota de 13 anos estilo anime, vinda de uma Nova York futurista. É uma vigilante expressiva, propensa a birras, que não usa o traje típico de Homem-Aranha – em vez disso, ela tem um traje Aranha mecânico e robótico que responde apenas ao seu DNA.

© 2023 MARVEL © 2023 SPA & CPII. All rights reserved.
Spider-Man: Into the Spider-Verse

Todos os direitos de tradução reservados e protegidos pela Lei 9.610 de 19/02/1998. Nenhuma parte desta publicação, sem autorização prévia por escrito da editora, poderá ser reproduzida ou transmitida sejam quais forem os meios empregados: eletrônicos, mecânicos, fotográficos, gravação ou quaisquer outros.

Primeira edição Marvel Press: agosto de 2022.

EXCELSIOR — BOOK ONE
TRADUÇÃO *LINA MACHADO*
PREPARAÇÃO *RAFAEL BISOFFI*
REVISÃO *SILVIA YUMI FK E TAINÁ FABRIN*
ARTE E ADAPTAÇÃO DE CAPA *FRANCINE C. SILVA*
DIAGRAMAÇÃO *RENATO KLISMAN*
TIPOGRAFIA *ADOBE CASLON PRO*
IMPRESSÃO *COAN GRÁFICA*

Dados Internacionais de Catalogação na Publicação (CIP)
Angélica Ilacqua CRB-8/7057

B365h	Behling, Steve
	Homem-Aranha no Aranhaverso / Steve Behling ; tradução de Lina Machado. — São Paulo : Excelsior, 2023.
	136 p. : il., color.
	ISBN 978-65-80448-78-4
	Título original: *Spider-Man into the Spider-Verse*
	1. Ficção norte-americana 2. Homem Aranha – Personagem fictício I. Título II. Machado, Lina
23-1544	CDD 813

STEVE BEHLING

HOMEM-ARANHA
NO ARANHAVERSO

SÃO PAULO
2023
EXCELSIOR
BOOK ONE

CAPÍTULO 1

Qual é a melhor parte de usar fones de ouvido?

Quando se está com eles, o resto do mundo não existe. Nada mais existe exceto você e sua música.

A pior parte de usar fones de ouvido?

Você tem que tirá-los em algum momento.

— Miles! Miles!

Tirando os fones de ouvido, Miles Morales ouviu o pai repetindo seu nome. Ele estava sentado à pequena mesa em seu quarto, desenhando, ouvindo música. Tranquilo, sem razões paras se preocupar.

Bem, isso não era totalmente verdade.

— Oi? — Miles gritou da porta.

— Terminou de fazer as malas para a escola?

— Já! — Miles gritou de volta. Essa era a resposta geral para todos os propósitos quando seus pais lhe perguntavam se ele já havia feito alguma coisa: *JÁ FIZ*. Isso evitava muitos gritos. Depois, acrescentou: — Só estou checando minha lista de novo!

Olhando para o chão, Miles viu sua mala vazia e a mochila. Então entrou em ação. Abriu as gavetas da cômoda, uma de cada vez, pegando vários itens de que precisaria: meias, roupas íntimas, camisetas, shorts. Jogou tudo dentro da mala.

Correndo até o armário, ele pegou algumas camisas e calças que estavam em uma pequena prateleira de arame. Jogou-as na mala.

Em seguida, a jaqueta azul do uniforme da sua escola nova.

Minha escola nova, pensou Miles. *Queria que fosse minha escola* antiga. Jogou o uniforme dentro da mala, depois fechou a tampa. Enfiou alguns livros na mochila, junto com o bloco de desenho e um estojo cheio de lápis, canetas e borrachas. Fechou o zíper.

— Miles!

Oh-oh, Miles percebeu. *Mamãe*.

Quando a mãe gritava, já era. Miles pegou a mochila e a mala e correu pelo corredor até a sala de estar.

— Cadê meu laptop? — Miles perguntou, sem fôlego.

— Qual foi o último lugar onde o deixou? — A mãe de Miles, Rio, perguntou. Era uma pergunta que ela fazia ao filho pelo menos cinquenta vezes por dia.

Miles vasculhou a sala de estar, tentando encontrar o laptop. Era um pré-requisito para a escola, não tinha como ficar sem ele.

Como um laptop simplesmente desaparece?

O pai de Miles, Jefferson, estava na porta da frente, balançando as chaves do carro.

— Se quer que eu o leve, temos que ir agora... — disse.

Miles não ergueu os olhos de sua busca.

— Não, pai, eu vou a pé! — retrucou.

— Motorista pessoal saindo, dou-lhe uma...

— Tudo bem! — Miles repetiu, tentando deixar claro que ele realmente não queria pegar uma carona com o pai. Não nas primeiras semanas de escola.

Rio olhou para Miles, balançando a cabeça.

— ¡Ay Maria, este nene me tiene loca!

Por fim, Miles afastou um monte de revistas na mesa de centro e encontrou o laptop embaixo. Enfiando o computador debaixo do braço, pegou o café da manhã para a viagem que a mãe tinha preparado para ele. Ele enfiou a torrada na boca e tentou se lembrar de mastigar com a boca fechada, mas não foi muito bem sucedido.

— Miles, precisa ir! — Rio disse, insistente.

— Só um minuto! — Miles respondeu, a boca cheia de comida.

— Precisa ir-ir... — Rio disse em uma voz cantante.

— SÓ UM MINUTO! — Miles disse, levantando a voz por reflexo.

Rio revirou os olhos, um sorriso divertido no rosto, sem se abalar com a explosão do filho.

Miles terminou de mastigar, pegou sua mala, enfiou o laptop na mochila e saiu correndo pela porta.

— Mãe, eu tenho que ir! — exclamou Miles. Ele estava parado na entrada do apartamento, tentando se livrar do abraço da mãe. Um abraço que ameaçava esmagá-lo como um inseto. Ela o abraçava e o cobria de beijos. Era ao mesmo tempo embaraçoso e maravilhoso. Miles sabia o quanto a mãe o amava.

— Só um minuto — disse Rio, ainda beijando as bochechas do filho.

Miles colocou a mala no chão e rolou as rodinhas descendo as escadas do prédio até a rua.

— ¡Papá! ¿Llamame, okay? — Rio gritou, um sorriso triste no rosto.

— Sí, claro, mama. Adios! — gritou Miles.

Enfim longe de seu apartamento, Miles desceu a rua do Brooklyn no início da manhã. Teria que se apressar se quisesse

HOMEM-ARANHA NO ARANHAVERSO

chegar à sua nova escola a tempo. Ele não estava indo rápido o bastante. A mala era difícil de puxar e a mochila estava muito pesada.

Talvez eu devesse ter feito as malas com um pouco mais de cuidado, pensou Miles.

— Ahhh. Olha quem voltou! Ei, o que está acontecendo, mano?

Miles se sobressaltou e ergueu o olhar. Percebeu que estava passando direto pela Brooklyn Middle School, que tinha frequentado nos últimos anos. Seu amigo Laszlo estava do lado de fora, na calçada, e acenava para Miles.

— Oi, estou apenas de passagem, como você está? — disse Miles, sorrindo. Ele estava feliz em ver Laszlo, e mais do que um pouco triste porque eles não iam poder se ver na escola este ano.

— Tá fazendo eles ficarem ligados, Miles? — perguntou Domingo, outro amigo.

— Você sabe que estou tentando — respondeu Miles, tentando soar legal.

— Olha ele! Belo uniforme! — outro garoto interveio. Era aquele garoto cujo nome Miles nunca conseguia lembrar. Ele se sentia um pouco mal por isso.

Miles assentiu.

— Olha, eles me obrigam a usar, está certo? — Gesticulou com a mão direita para o uniforme que estava vestindo. Fazia com que ele se sentisse desconfortável, e estava bastante constrangido.

Uma garota correu do pátio da escola, espremendo-se entre Laszlo e Domingo.

— Você vai embora? Sentimos sua falta, Miles! — ela disse, sua expressão era sincera.

— Sentem minha falta? — respondeu Miles. — Ainda moro aqui! Espere, você sente minha falta?

O sinal tocou e as crianças deram um tchau coletivo para ele. Miles acenou de volta, então observou enquanto eles correram atravessando o pátio da escola e entraram no prédio.

Era bastante triste apenas assistir. Miles já sentia falta de seus velhos amigos. Com um suspiro, pegou suas coisas e continuou a descer a rua.

Colocando a mão dentro da mochila, Miles puxou alguns adesivos nos quais estivera trabalhando. Eram alguns designs legais que tinha inventado da noite para o dia. Desenhar era uma forma de relaxar para ele. Permitia que trabalhasse todo tipo de pensamentos e sentimentos no papel. Mas a melhor parte? Era andar pela cidade e colar a própria arte em lugares onde as pessoas pudessem ver seu trabalho. Ele tirou o papel de trás de um adesivo e o pressionou na lateral de uma caixa de correio. Então pegou outro e bateu em um sinal de "pare" com um som de batida alto.

Ele deu alguns passos, atravessou a rua, então tropeçou. Antes que pudesse se levantar, viu luzes piscando e ouviu o woo-woo de uma sirene da polícia.

Ah, não, pensou.

— É sério, pai, eu podia ter vindo andando — declarou Miles, sentado no banco de trás da viatura do pai. Jefferson estava ouvindo as notícias no rádio, e o som também tomava conta da parte de trás.

— Você vai poder andar bastante no sábado quando for tirar aqueles adesivos — Jefferson repreendeu Miles, falando por cima da voz do apresentador.

— Você viu aquilo? — Miles perguntou brincando. — Não sei se fui eu, pai.

— E os dois de ontem em Clinton — respondeu Jefferson.

Droga, pensou Miles. *Não consigo esconder nada dele.*

— Está bem, é... aqueles fui eu — Miles admitiu.

Miles olhou para frente e viu o pai o encarando pelo espelho retrovisor. O olhar dizia tudo — NÃO BRINQUE COMIGO. Miles suspirou e se esparramou no assento, olhando pela janela enquanto observava os prédios passarem. Eles passavam de um cafeteria para outra, e Miles se perguntou quanto café as pessoas realmente eram capazes de beber.

— Então — o pai começou, tentando puxar conversa. — Veja só, outra cafeteria nova. Está vendo, Miles?

— Sim, estou vendo — respondeu Miles, desinteressado.

— Está vendo aquela, qual o nome daquela? — Jefferson perguntou, apontando pela janela.

— Festa da Espuma — disse Miles, parecendo entediado.

— Festa da Espuma, ora — repetiu Jefferson. — E todo mundo está fazendo fila! Está vendo, Miles?

— Estou — respondeu Miles.

— É uma cafeteria ou uma discoteca? — Jefferson comentou, tentando fazer uma piada.

— Pai, você está velho, cara — disse Miles sem rodeios. Ele afundou ainda mais em seu assento enquanto voltava sua atenção para o noticiário.

— ...esse é o segundo terremoto neste mês, mas para a sorte dessas pessoas, o Homem-Aranha estava lá para salvar o dia! — disse o locutor.

Jefferson balançou a cabeça, então apertou um botão no painel, desligando o rádio.

Ah, cara, lá vem, pensou Miles.

— Homem-Aranha — Jefferson resmungou. — Quer dizer, esse cara aparece uma vez por dia, zip-zap-zop, com sua mascarazinha, e não responde a ninguém, certo?

— Sim, pai — Miles suspirou.

— E enquanto isso, meus caras estão lá fora, arriscando suas vidas...

— Hm-hum — disse Miles, indiferente. Ele já tinha ouvido tudo isso milhares de vezes antes. Provavelmente mais de mil. O pai odiava o Homem-Aranha. E daí? Grande coisa.

Miles olhou pela janela do carro da polícia e viu que alguns alunos estavam correndo ao lado. Miles afundou no assento quando um deles bateu na janela e murmurou: "Você foi preso?".

Eu definitivamente devia ter vindo andado, pensou Miles.

— ...e sem máscaras! — Jefferson prosseguiu, ainda reclamando do Homem-Aranha. — Mostramos a cara. Temos responsabilidade!

— Pai, acelere, eu conheço essas crianças... — Miles implorou.

Mas Jefferson estava muito envolvido com seu discurso para perceber.

— Você sabe, com grande habilidade vem grande responsabilidade — disse.

— Esse não é o ditado, pai — corrigiu Miles. — O sinal está amarelo!

— Mas eu gosto do cereal dele — Jefferson disse generosamente. — Devo admitir — Em seguida, pisou no freio.

Miles foi arremessado contra a divisória entre os bancos dianteiros e traseiros.

— Caramba! — exclamou. — Os policiais não ultrapassam sinais vermelhos?

— Alguns sim — disse Jefferson. — Mas não o seu pai!

CAPÍTULO 2

— **V**ai entrar?

Miles estava sentado na parte de trás da viatura policial de seu pai, sem querer sair, mas sabendo que precisava.

— Pai — disse Miles, tentando não choramingar, mas falhando. — Por que não posso voltar para Brooklyn Middle?

Ele não tinha certeza por que estava escolhendo esse momento para ter essa conversa que eles já haviam tido um milhão de vezes, especialmente agora que começou na Visions. Contudo, Miles precisava continuar tentando.

Jefferson suspirou.

— Miles, você prometeu tentar por duas semanas — respondeu o pai, olhando pela janela da frente para os alunos que atravessavam a rua. — Não vamos falar sobre isso.

Eu sabia que ele ia falar isso, pensou Miles.

— Só acho que esta escola nova é elitista — comentou Miles, prolongando seu argumento fracassado. — E eu preferiria estar em uma escola normal entre o povo.

— O *povo*? — Jefferson disse, sua voz e seu temperamento esquentando. — Este *é* o seu povo!

— Só estou aqui porque ganhei aquele sorteio estúpido — Miles lamentou.

— De jeito nenhum — disse Jefferson, pondo fim ao protesto de Miles. — Você passou no teste de admissão como todo mundo, ok? Você tem uma oportunidade aqui. Quer estragar isso, é? Quer acabar igual ao seu tio?

— Tio Aaron é um cara legal — Miles murmurou baixinho.

— Todos nós fazemos escolhas na vida — disse Jefferson, balançando a cabeça.

— Não parece que eu tenho escolha! — Miles rebateu.

— Você não tem! — Jefferson rugiu, o tom de sua voz não dava margem para discussão.

Miles suspirou e abriu a porta do passageiro. Começou a sair do carro.

Não tem jeito, pensou.

— Olha — Jefferson disse, um pouco mais calmo. — Sei que é difícil passar a semana longe da mamãe e de mim...

Colocando a cabeça de volta no carro, Miles respondeu:

— Na verdade, essa parte é ótima. Eu amo essa parte. — Ele sorriu para o pai, tentando aliviar o clima com sua piada.

O pai apenas o encarou.

Ai.

Miles deu um passo para trás e bateu a porta. Em seguida, abriu a porta da frente e pegou sua mala.

— Amo você, Miles — disse Jefferson, parecendo não saber o que dizer.

— Sim, eu sei, pai — respondeu Miles. — Vejo você na sexta.

Então, fechou a porta e se afastou da viatura. Sabia que o pai estava observando, mas não se virou.

Uma explosão de estática cortou o ar, e Miles se encolheu.

— Você tem que dizer *"amo você"* de volta — Jefferson ressoou no sistema de som da viatura.

Os alunos que estavam circulando do lado de fora da Visions Academy se viraram para olhar na direção de Miles.

— Pai, você está falando sério? — Miles sentiu seu rosto ficar vermelho.

— Quero ouvir — respondeu Jefferson.

— Você quer me ouvir dizer...

— ...*amo você, pai* — confirmou Jefferson, completando a frase.

— Você está me deixando na escola! — Miles protestou.

— *Amo você, pai* — Jefferson repetiu.

— Olhe para este lugar... — disse Miles, notando a presença de todos os outros alunos e a natureza incrivelmente vergonhosa de toda a situação.

— *Pai, eu amo você.*

Miles suspirou, sabendo que não havia como vencer essa batalha e manter um pingo de dignidade.

— Pai, eu amo você — disse Miles em voz alta, embora de má vontade.

— Entendido — Jefferson trovejou pelo sistema de som. — Amarre seus sapatos, por favor!

Quando Miles entrou no saguão da Visions Academy, olhou para os próprios pés. De fato, seus sapatos estavam desamarrados. Deu uma rápida olhada neles e então, por despeito, simplesmente os deixou desamarrados.

Bem feito para ele se eu tropeçar, pensou Miles.

Ao seu redor, Miles viu crianças usando os mesmos uniformes azuis. Todos pareciam ser mais altos do que ele, pensou. Ele passou ao lado de uma parede de fotografias, todas dos doadores e corporações que haviam contribuído com dinheiro para manter a Visions Academy funcionando. Ele viu uma foto de Wilson Fisk, um dos maiores empresários da cidade de Nova York. Sua empresa, a Fisk Industries, financiou grande parte do orçamento da Visions. E havia a Alchemax, uma empresa que detinha tantas patentes que Miles não conseguia saber todas.

— *Amo você, papai!*

Miles se virou para encarar um garoto grande e uniformizado zombando em seu rosto.

Ótimo, pensou Miles. *Ele viu tudo com papai. Agora vou ser o garoto do "amo você" pelo resto da minha vida.*

Então respirou fundo e decidiu que não deixaria nada daquilo atrapalhar seu dia.

Está certo, Miles. Vamos tentar de novo.

— Oi, bom dia! — Miles disse, cumprimentando outro aluno. — Como está? O fim de semana foi curto, hein?

— *Entendido!* — o aluno respondeu. *Aff*, Miles gemeu internamente.

Seguiu em frente, tentando evitar mais constrangimentos. Ele olhou ao redor e viu todas as crianças apressadas cuidando da própria vida. Pareciam seguir em frente, como se Miles nem estivesse lá.

Todos pareciam tão sérios em Visions. Não era como em Brooklyn Middle. Em Brooklyn Middle, as crianças sabiam se divertir.

— Ei!

Miles ficou atento quando ouviu a voz do aluno.

— Sim? — respondeu, com a esperança de que alguém pudesse finalmente querer ter uma conversa normal.

— Seu sapato está desamarrado — disse o estudante, apontando para os pés de Miles.

Miles suspirou.

— Eu estou ciente — respondeu ele, enquanto o aluno corria. — É uma escolha.

CAPÍTULO 3

Daquele momento em diante, o dia virou um borrão de aulas. Miles foi de uma sala para outra, inundadas por um grupo de alunos e professores que mudava constantemente. De matemática para lógica, de literatura para química, o cérebro de Miles estava sendo sobrecarregado com novos conceitos.

E sua mochila estava sendo sobrecarregada com dever de casa. Miles achava que a quantidade de papéis e livros que ele acumulava ao longo do dia era diretamente proporcional ao número de aulas que frequentava.

Nesse ritmo, vou acabar soterrado, pensou Miles.

Ele estava cansado, sobrecarregado e, em geral, descontente com a situação. Miles gostaria de estar em Brooklyn Middle agora, em vez de sentado na aula da srta. Calleros.

Aula da srta. Calleros?

Ai, cara. Estou atrasado!

Miles disparou pelo corredor. Estivera tão perdido em seus pensamentos que nem percebeu que o sinal já havia tocado. Virou uma esquina, segurando a mochila para que ela não saísse voando de seu ombro. Chegou à sala da srta. Calleros e abriu a porta. A sala estava escura, e por um segundo Miles pensou que talvez não estivesse atrasado, talvez fosse o primeiro a chegar?

Então as luzes se acenderam e a srta. Calleros disse:

— Você está atrasado, Sr. Morales.

Isso acabou com o pouco de animação que restava a Miles.

— Einstein disse que o tempo era relativo, não foi? — Miles declarou, tentando se livrar da situação. — Talvez eu não esteja atrasado. Talvez vocês estejam adiantados.

A srta. Calleros não sorriu. Ela não riu. Ela nem respondeu. Miles olhou ao redor da sala de aula. Ninguém mais pareceu achar muito engraçado, exceto uma garota, que riu um pouco.

— Desculpe — disse a garota, cobrindo o sorriso. — Estava tão quieto.

— Sente-se — ordenou a srta. Calleros, desviando sua atenção de Miles e voltando para a frente da sala de aula. Um estudante apagou as luzes, e Miles começou a caminhar no escuro até seu assento, batendo nos móveis ao longo do caminho.

No quadro branco na frente da sala, começou a passar um documentário. Miles viu um título aparecer abaixo da imagem de uma mulher de jaleco. Dizia: Diretora, Laboratórios Alchemax. Fazendo uma pausa, Miles observou enquanto a mulher tentava animar o público.

— Nosso universo é de fato um dos muitos universos paralelos acontecendo exatamente ao mesmo tempo. Graças a todos aqui na Fundação da Família Fisk pelas Ciências, vou provar que eles existem quando construir meu supercolisor. Preciso apenas de dez bilhões de dólares! Quase nada, não é? E quem sabe... talvez encontremos pessoas como nós!

Miles assistiu ao documentário, ainda esbarrando nos móveis a caminho de seu lugar. Ele estava interessado no assunto de verdade, mas o documentário parecia ser mais um filme promocional para Alchemax do que qualquer outra coisa. Muitas tomadas da mulher usando um capacete e andando por uma instalação da Alchemax em um carrinho de golfe, ou com outras pessoas vestindo jalecos de laboratório "fazendo ciência".

Ai!

Miles sentiu sua canela direita bater em uma mesa e, quando se abaixou para esfregá-la, viu que a mesa pertencia à garota que riu de sua piada. Ela era novata. Bem, mais novata que ele. Ele se sentou ao lado dela e a observou assistir ao documentário.

Então ela olhou para Miles. Pego no flagra, Miles se virou, fingindo que não estivera encarando em primeiro lugar. Mas quando ele olhou para trás, ele viu que a nova garota ainda estava olhando para ele.

— Eu gostei da sua piada — ela sussurrou. — Quero dizer, não foi engraçada, por isso eu ri, mas foi inteligente, então eu gostei.

— Acho que nunca vi você antes — disse Miles, tentando manter a voz baixa.

— Shhhhhh! — a srta. Calleros disse, de repente, atrás de Miles.

Como ela faz isso?, ele se perguntou.

— Fique depois da aula, sr. Morales — ela disse, e Miles sabia que ele estava encrencado. Ele tentou voltar sua atenção para o documentário, mas estava pensando na garota novata sentada ao seu lado.

— Cada escolha que fazemos criaria inúmeros futuros possíveis — continuou a mulher no documentário. — Um "E se" ao infinito...

Inúmeras outras possibilidades? Miles pensou. *Isso significa que pode haver inúmeros outros eus por aí agora. Esquisito.*

— Um zero — disse a srta. Calleros, sua voz cheia de decepção.

Miles estava sentado em frente à srta. Calleros, que lhe mostrou um pedaço de papel. O papel era, por acaso, o último teste, e tinha um grande *0* escrito em caneta vermelha.

O teste era de Miles.

— Um zero — disse Miles, momentaneamente sem saber o que dizer. — Mais alguns desses, e provavelmente você vai ter que me expulsar daqui, hein? Talvez eu não seja adequado para esta escola.

A srta. Calleros se remexeu na cadeira, sem tirar os olhos de Miles.

— Se uma pessoa com os olhos vendados escolhesse as respostas em um teste de verdadeiro ou falso aleatoriamente, você sabe quantas perguntas ela acertaria?

— Hum, cinquenta por cento... — respondeu Miles. Então ele se deu conta. — Espera...

A professora assentiu.

— Isso mesmo! — ela replicou. — Muito esperto! Em um teste de verdadeiro ou falso, a única maneira de errar todas as respostas é saber quais estão certas.

Então Miles viu a srta. Calleros mudar o 0 no teste para 100.

Miles tentou pensar em alguma coisa para dizer, qualquer coisa.

— Ou... ou é uma aberração estatística — ele começou. — Quero dizer, no limite...

— Você é um rapaz muito inteligente, Miles — a srta. Calleros o interrompeu. — Mas eu sei o que você está fazendo. Ninguém vai expulsá-lo desta escola. Quero que você comece a escrever um diário. Vou revisá-lo toda semana. E quero que você escreva sobre o que você quer para o seu futuro.

E lá se foram minhas esperanças de ser expulso e voltar para Brooklyn Middle.

CAPÍTULO 4

Só de olhar para a pilha de dever de casa em cima da mesa, Miles sentiu vontade de desaparecer. Ir a qualquer lugar, fazer qualquer coisa, seria melhor do que tentar dar um jeito naquela bagunça. Ele bateu a ponta da borracha de um lápis contra os lábios e olhou para a folha de papel.

A redação era para amanhã, e ele mal tinha feito o título.

O universo me odeia, ele pensou.

Afastando-se da mesa, ele viu seu colega de quarto, Ganke, lendo uma revista em quadrinhos e usando fones de ouvido. Miles conseguia ouvir a música ribombando deles. Não queria interromper, mas também precisava de um descanso.

— Ei! — disse, tentando chamar a atenção de Ganke. — Você já terminou sua lição de casa?

Ganke não falou nada. Ele nem ergueu o olhar. Apenas ficou lá, folheando o quadrinho, esfregando os poucos pelos acima de seu lábio superior.

Parece um bigode, refletiu Miles. *Talvez. Mais ou menos.*

— Eu sou seu colega de quarto, Miles — continuou. — Com quem você vive há duas semanas e com quem mal falou?

Nada.

— É como se eu fosse invisível, certo? Tudo bem, legal. Conversa boa — Miles terminou. Então ele girou a cadeira de frente para a mesa de novo, balançando a cabeça enquanto olhava para a temida folha de papel. Com um suspiro pesado, olhou pela janela do dormitório.

E então Miles Morales teve uma ideia.

Miles estava na escada de incêndio, espiando pela janela do apartamento no último andar. O homem estava sentado no sofá, telefone na mão, mandando mensagens. Então Miles tirou uma foto dele com seu telefone.

E ele a enviou para o homem no sofá.

Miles mal conseguiu conter a risada quando viu o homem olhar para o telefone e o rosto dele se iluminar com um sorriso. O homem olhou ao redor da sala e correu para a janela. Miles pressionou o rosto contra o vidro, fazendo uma careta boba.

Tio Aaron abriu a janela.

— Entre — convidou, rindo.

— Fala alto, sobrinho. Você sabe que eu não consigo ouvir quando estou lavando a louça — tio Aaron disse, enquanto esfregava uma panela na pia.

— Sim, ouvi dizer que as orelhas são a primeira coisa a falhar com a idade — disse Miles. Ele estava parado ao lado do saco de pancadas do tio e dando alguns socos nele. Era esquisito.

— Eu ouvi *isso* — retrucou tio Aaron. — Estou bem, cara. Como vai a escola?

Miles deu de ombros e socou o saco com a mão esquerda, depois com a direita. — Seis horas de dever de casa por noite. Quando devo dormir, hein? — ele disse.

— Não me diga que tudo é tão ruim lá — respondeu tio Aaron, enquanto colocava a panela no escorredor da prateleira ao lado da pia. — Garotas inteligentes, isso é o que interessa. O lugar deve estar cheio delas.

Ele foi até o saco de pancadas e segurou-o com as mãos, colocando o corpo atrás.

— Vamos, cara, vamos — incentivou, convidando Miles a socar o saco.

— Não, não tem ninguém — respondeu Miles. — Não tem ninguém.

Tio Aaron ergueu uma sobrancelha, cético, então soltou o saco. Foi até o micro-ondas e pegou uma caixa de pipoca de cima. Ele pegou um saco, rasgou o plástico e colocou o pacote de papel de pipoca dentro do aparelho.

— Vamos, cara — tio Aaron disse novamente, fechando a porta do micro-ondas e apertando o botão para ligar. — Não posso ter um sobrinho meu sem charme nas ruas.

— Eu tenho charme! — Miles retrucou, se defendendo. — Tinha uma garota nova, na verdade, ela está um pouco a fim de mim. Sabe como é.

— Qual é o nome dela? — perguntou tio Aaron.

Miles sentou-se no sofá e pegou o caderno que trouxera. Começou a esboçar enquanto falava.

— Sabe, a gente está... — Miles murmurou. — Quer dizer... estamos nos conhecendo.

Tio Aaron olhou para Miles e sorriu um pouco.

— Você sabe sobre o toque no ombro?

— Claro que sei! — exclamou Miles.

Não, não sei.

— Mas me explique mesmo assim.

HOMEM-ARANHA NO ARANHAVERSO

— Amanhã — tio Aaron disse — encontre essa garota, vá até ela e diga: *Oi.* — Então ele fingiu tocar um ombro imaginário. — Estou falando cara, é ciência.

— Está falando sério, tio Aaron? — perguntou Miles. — Então, ir até ela e só falar... *Oi.*

Tio Aaron começou a rir.

— Não, não, não, não... desse jeito: *Ooi* — explicou, soando um milhão de vezes mais legal do que Miles falando a mesma palavra dois segundos atrás.

— *Oi* — Miles tentou mais uma vez.

Tio Aaron balançou a cabeça.

— Não. *Oiii.*

— *Oiiii.*

— Tem certeza que você é meu sobrinho, cara? — Tio Aaron brincou.

Miles sentiu o telefone em seu bolso vibrar.

— É ela? — Tio Aaron brincou.

Acho que não...

Miles olhou para a tela do celular e viu uma mensagem do pai:

Terminou aquele dever de casa?

— Preciso ir — disse Miles, relutantemente. — Ainda tenho um trabalho para fazer hoje à noite.

Se tio Aaron estava prestando atenção e ouviu o sobrinho, ele não deixou transparecer. Em vez disso, se aproximou do sofá e espiou o caderno que Miles estivera rabiscando apenas alguns minutos antes.

— Ei, você estava escondendo o jogo. Já espalhou isso? — Tio Aaron perguntou, verificando os designs de Miles.

— Não, você conhece meu pai — respondeu Miles. — Não posso.

— Ora — tio Aaron disse. — Eu tenho um lugar que você não vai acreditar.
— Não posso! — Miles protestou. — Não posso, não posso, não posso...

— Vou ficar tão encrencado!
O túnel do metrô era escuro e úmido. Miles podia sentir o cheiro de mais ou menos cinquenta odores diferentes flutuando pelo túnel, e nenhum deles era bom.

O que ele estava fazendo aqui embaixo com o tio? Ele realmente tinha dever de casa para fazer! Os pais o matariam se descobrissem que ele saiu do campus para ficar com o tio nos túneis do metrô. E eles iam pirar de verdade se soubessem o que estavam fazendo.

— Ei, cara — disse tio Aaron. — Diga a eles que seu professor de arte mandou.

Andaram um pouco mais, até chegarem a uma grande cerca de metal que se estendia do chão quase até o teto. Miles viu uma placa que dizia ALCHEMAX — PROPRIEDADE PRIVADA.

Alguém realmente não quer ninguém aqui, pensou Miles.

Com destreza, tio Aaron escalou a cerca e desceu do outro lado. Ele fez sinal para que Miles o seguisse.

Se eu for pego, estou tão ferrado.

Miles escalou a cerca, não tão habilidosamente quanto seu tio, e aterrissou com um baque do outro lado, perto dele.

CAPÍTULO 5

O túnel escuro do metrô parecia continuar para sempre. Cheio de teias de aranha. Elas pareciam cobrir todas as paredes até onde Miles conseguia enxergar.

Era como uma caverna enorme, estranha e assustadora.

— Uau — Miles se ouviu dizer em voz alta. Observou o enorme espaço e então, a plenos pulmões, gritou — BROOKLYN!

Então ele ouviu "Brooklyn!" ecoando pelos segundos seguintes.

Tio Aaron puxou a camisa de Miles, gesticulando para que ele o seguisse. Miles o fez e, enquanto caminhavam pelo túnel, viu outra coisa.

Miles não podia acreditar no que tinha diante dos olhos. Uma enorme parede de túnel, marcada por sabe-se lá quantos artistas. Era como a maior tela do mundo, e estava apenas esperando que outros viessem e adicionassem sua marca.

— Há muita história nestas paredes — disse tio Aaron, sua voz cheia de respeito.

— Isso é tão legal! — Miles disse incrédulo.

Tio Aaron se abaixou e abriu a bolsa que trazia pendurada no ombro. Tirou algumas latas de tinta spray e jogou uma para o sobrinho. Então ele ligou uma pequena caixa de som e apertou o PLAY.

As músicas ecoaram no túnel do metrô enquanto tio e sobrinho, ambos artistas, começaram a trabalhar.

— Agora você está por sua conta, Miles — disse tio Aaron, enquanto começava a pintar. — Uau, desacelere um pouco.

Miles estivera movendo sua lata de spray rapidamente pela parede de concreto. Ouvindo o tio, ele desacelerou os movimentos de sua mão.

— Assim está melhor — observou tio Aaron. — Perfeito.

Miles sempre gostou do tempo que passava com o tio. Mesmo que o pai parecesse não gostar muito disso.

Ele estava totalmente absorto no processo, perdido em um mundo de sua própria criação. Miles apenas se deixou levar pela sensação, derramando-se em cada pressão do spray.

Ele estava tão concentrado no que estava fazendo que não percebeu. Sutil. Brilhando.

Uma aranha.

Tão pequena que não dava para ver. Desceu do teto, devagar, devagar, em um delicado fio de teia. Por fim, caiu e aterrissou na pilha de latas de spray que tio Aaron havia colocado no chão.

— Muito bom — disse tio Aaron, admirando a obra do sobrinho. — Agora você pode cortar essa linha com outra cor. Assim... sim, desse jeito!

Miles havia encontrado seu ritmo e estava se divertindo muito. Ele olhou para cima e viu uma parte da parede que queria pintar, mas era muito alta.

— Uma ajudinha? — pediu, gesticulando para o tio.

Sem hesitar, tio Aaron pegou o sobrinho e colocou Miles em cima dos ombros. Miles conseguiu alcançar a área que queria pintar.

— Você quer que fique escorrido? Porque, se quer, tudo bem, mas se você não quiser, tem que se manter em movimento. — Ele mostrou a Miles o que queria dizer ao usar sua própria lata de tinta para demonstrar.

— Isso é intencional! — Miles disse, referindo-se às partes escorridas em sua pintura.

Não eram intencionais MESMO, pensou Miles.

Alguns segundos depois, Miles terminou e desceu dos ombros de tio Aaron. Juntos, eles recuaram para dar uma olhada no mural que estiveram pintando.

— Uau — disse tio Aaron.

Miles observou a pintura, um pouco inseguro.

— É doido demais? — perguntou.

Tio Aaron negou, balançando a cabeça.

— Não, cara. Miles... — ele começou. — Entendo exatamente o que você está fazendo, cara.

Miles sorriu para o tio.

— Sim — tio Aaron disse. — Eu e seu pai costumávamos deixar marcas o tempo todo no passado.

— Conta outra história — respondeu Miles.

Até parece que papai ia se enfiar num lugar como este, pensou Miles.

— É verdade — insistiu tio Aaron. — Então ele começou com o negócio da polícia... e eu não sei. Ele é um cara legal, é só... entende o que eu quero dizer?

A conversa foi interrompida pela vibração do celular de tio Aaron. Ele deu uma olhada na tela e guardou o telefone no bolso.

— Tudo bem, vamos lá, cara. Eu preciso ir — disse ele ao sobrinho. Ele juntou seus suprimentos de pintura e saiu do túnel.

Por um momento, Miles ficou sozinho. Deu um passo para trás e admirou o trabalho que ele e o tio haviam feito naquela noite.

Isso parece tão certo, refletiu.

Pegou o celular para tirar uma foto de sua obra-prima.

Não viu a aranha até que fosse tarde demais.

CAPÍTULO 6

A picada de aranha em sua mão estava latejando. Ele se revirou na cama a noite toda. Foi oficialmente a pior noite de sono da vida de Miles Morales.

Miles realmente não se lembrava de muita coisa depois que a aranha picou sua mão. O tio disse que eles tinham que ir embora e, de alguma forma, eles voltaram pelos túneis do metrô e para a superfície.

Como voltei para o dormitório?, Miles se perguntou.

Sua mão ardia. Ele olhou para baixo e viu o lugar onde a aranha o havia picado. Na penumbra do quarto, Miles podia jurar que ela estava brilhando.

Picadas de aranha não brilham, certo? Cara, isso não é legal...

Ele acordou num sobressalto, apenas para dar de cara com Ganke no computador, trabalhando, sem notar nada que Miles fazia.

Ele passou a noite toda acordado? pensou Miles. *Ele me viu entrar?*

Ele pulou da cama e vestiu as calças.

Que estranho, pensou Miles. *Minhas calças... encolheram?*

Era verdade. As calças estavam pescando, pareciam algo que ele teria usado alguns anos atrás. Foi quando Miles percebeu que as calças não haviam encolhido. Ele havia crescido.

Da noite para o dia.

— Acho que entrei na puberdade — disse Miles.

Para a completa falta de surpresa de Miles, Ganke não respondeu. Ele não fez nada além de parar de digitar por apenas um segundo. Então ele recomeçou, como se Miles não tivesse dito nada.

Deveria ter ficado calado, Miles pensou.

Um pouco depois, Miles estava andando pelo corredor da escola, tentando silenciar o próprio monólogo interior que parecia ficar mais alto a cada minuto.

O que está acontecendo comigo?

Algo estranho está acontecendo.

Por que todos os meus pensamentos estão tão altos?!

— Você está bem?

Miles se virou para ver a garota nova, aquela com quem ele havia falado outro dia na aula de física, antes de se meter problemas.

— Hum? — Miles perguntou, voltando a si.

— Por que você está tão suado? — ela perguntou.

Miles pensou por um segundo e percebeu que ela estava completamente certa, ele estava suando demais. Sua mente estava acelerada, imaginando se isso era um efeito colateral da picada daquela aranha estranha, e o que poderia significar.

Estou morrendo?

— É, ãh, coisa da puberdade — respondeu Miles, tentando soar como se soubesse do que estava falando. — Não sei por que disse isso. Não estou na puberdade. Quero dizer, estou, mas...

Ele viu a novata apenas o encarando como se ele tivesse cinco cabeças.

Mude de assunto, Miles.

— Então, você é, tipo, nova aqui, certo? Temos isso em comum — disse Miles, tentando soar legal.

— Sim — a garota disse, concordando com Miles, mas não realmente. — Isso é uma coisa.

— Legal, legal. Eu sou Miles.

— Eu sou G-Waaaaanda — a garota disse.

— Espere, seu nome é Gwanda? — Miles disse, genuinamente interessado.

Gwanda assentiu.

— Sim, é africano. Sou sul-africana. Mas não tenho sotaque, porque cresci aqui.

Enquanto conversavam, Miles pensou que talvez fosse hora de tentar a coisa do toque no ombro que o tio tinha explicado. Mas e se saísse pela culatra? E se ela pensasse que ele era um esquisito?

Por que isso é tão assustador?

Ele respirou fundo de repente e tocou o ombro de Gwanda, só um pouco.

— Estou brincando — disse ela. — Meu nome é Wanda. Sem G. Isso é loucura.

— Oi — Miles disse, nervoso com o momento.

— Ok, então, vejo você por aí — disse Wanda.

— Ah, até mais! — disse Miles.

Wanda se virou para se afastar, mas Miles percebeu que não conseguia soltar o ombro dela.

Literalmente.

Seus dedos estavam presos ao ombro dela como se tivessem sido colados no lugar. Ele puxou, mas nada aconteceu.

— Ei, hum, você pode me soltar, por favor? — Wanda disse, esforçando-se para se soltar. Miles tentou puxar a mão, mas quando Wanda se contorceu, o cabelo dela entro no meio e, de repente, ele ficou preso nisso também. — Ai, ai, ai, ai, ai! Calma!

— Eu... não consigo soltar! — Miles disse, puxando com toda a força.

— Miles, solte! — Wanda disse, impaciente.

— Eu estou tentando! — Miles retrucou. — É só puberdade!

— Acho que você não sabe o que é puberdade — Wanda retrucou. — Só relaxe.

— Ok, eu tenho um plano — disse Miles.

Eu tenho um plano, certo?

— Ótimo — disse Wanda, sarcástica.

— Vou puxar com muita força — disse Miles.

Wanda pensou por um segundo.

— É um plano terrível.

— Um... dois...

— Não faz isso — avisou Wanda. Quando ficou claro que Miles ia seguir em frente, ela gritou — Três! — e para o espanto de Miles, Wanda o virou com facilidade e o jogou de costas com um BAQUE.

Ele seguiu pelo corredor, olhando para a própria mão coberta de cabelo. Não conseguia acreditar que eles tiveram que ir à enfermeira, e que a enfermeira precisou cortar o cabelo de Wanda para soltar a mão de Miles.

Todo mundo está olhando para mim, pensou Miles. *Eu me sinto uma aberração.*

Ele estava perdido em seus pensamentos e mal percebeu quando um segurança apareceu.

— Ei! — disse o guarda, reconhecendo Miles. — Eu sei que você escapuliu ontem à noite, Morales!

Seu coração foi parar na garganta, e Miles disparou tão rápido quanto suas pernas permitiram.

— Volte aqui! — o segurança gritou, e deu início à perseguição.

Miles disparou à frente e fez uma curva. Ele abriu a primeira porta que viu, entrou e fechou a porta atrás de si.

Estou seguro estou seguro estou seguro...

Então ele viu de quem era o escritório. Fotos do segurança na parede. E uma grande placa na mesa que dizia MARK WITTELS, SEGURANÇA.

Não estou seguro Não estou seguro Não estou seguro...

Por instinto, Miles pressionou as mãos contra a porta para mantê-la fechada apenas por garantia...

— O que você está fazendo no meu escritório, Morales?!

Por garantia *contra isso.*

O segurança já estava do lado de fora da porta. Não havia para onde correr.

Foi quando Miles percebeu que suas mãos estavam de fato coladas à porta. Ele tentou afastá-las, mas era igual ao cabelo de Wanda. Ele puxou, e nada. Então, puxou ainda mais forte, e suas mãos se soltaram, junto com uma camada do compensado de madeira da porta.

Ele tentou limpar as mãos na camisa, derrubando as lascas de compensado no chão, mas agora suas mãos estavam grudadas na camisa. Em um frenesi, Miles, por acidente, levantou a camisa sobre a cabeça, bloqueando a visão. Em pânico, ele foi direto para uma estante de livros, e se prendeu nela também, derrubando-a na frente da porta, bloqueando-a.

— Morales! — o segurança gritou. — Abra! Abra! Segurança!

— Por que isso está acontecendo? — Miles disse em voz alta.

— Ei! Abra agora mesmo!

Ainda cambaleando, Miles tropeçou e bateu na parede, grudando-se nela. Seu impulso o jogou para cima, e antes que pudesse fazer qualquer coisa para impedir, Miles se viu rolando parede acima, deslizando pelo teto e em direção às outras paredes!

— Pare de grudar! — Miles disse para si mesmo. — Pare... de grudar!

No mesmo instante, Miles caiu do teto em uma cadeira. Então a cadeira começou a rolar, atirando Miles em direção a uma janela aberta.

A cadeira se chocou contra a parede e Miles foi arremessado. Por instinto, ele chutou bem na hora em que atravessou a janela, e seus pés bateram no peitoril. Eles ficaram grudados. Agora Miles estava em pé, *na horizontal,* do lado de fora do prédio.

Ele ouviu o segurança batendo na porta, tentando entrar no escritório.

Sem saber o que mais fazer, ele se grudou na parede novamente e começou a rolar para uma janela próxima. Estava acontecendo uma aula lá dentro, e os alunos estavam tão atentos a ela que não notaram o rosto atordoado de Miles Morales olhando para eles, procurando ajuda.

Sem conseguir entrar pela janela fechada, Miles começou a rolar novamente, fazendo uma turnê solitária pela fachada do prédio. Ele só percebeu o som das asas dos pássaros que passavam voando por ele tarde demais. Miles tentou enxotá-los, mas, como todo o resto, agora os pássaros ficaram grudados em suas mãos.

Os pássaros começaram a bicar os olhos de Miles, batendo as asas, tentando escapar.

Agitando as mãos o mais rápido que pôde, Miles de alguma forma conseguiu se soltar dos pássaros. Ele continuou rolando pelo prédio, até que finalmente chegou a uma janela que reconheceu.

O quarto dele.

Ele rolou pela janela e caiu no chão com um baque alto. Ele viu uma pilha de livros ao seu redor, incluindo alguns dos quadrinhos de Ganke que ele estava lendo na outra noite. Um deles se destacou mais.

Era uma revista do Homem-Aranha, com uma chamada de capa que dizia: *A verdadeira história da origem do Homem-Aranha!*

Maravilhado, Miles pegou o quadrinho, suas mãos grudando nele, rasgando um pouco o papel. Enquanto folheava as páginas, ele viu quase os mesmos eventos que tinham acabado de acontecer consigo. Com a diferença de que, nos quadrinhos, não era Miles. Era um garoto chamado Billy Barker. Tudo estava lá. A picada de aranha. Puxar a porta, rolar pela janela, cair no chão.

— Como pode haver dois Homens-Aranha? — Miles se perguntou. — Não pode haver dois Homens-Aranha!

— Abra!

Miles apontou com a cabeça em direção à porta de seu dormitório. Era o segurança.

— Ei! Abra agora mesmo!

Um segundo depois, a porta se abriu e o segurança enfiou a cabeça lá dentro.

Miles não estava lá.

O guarda coçou a cabeça, murmurou baixinho, depois se virou e fechou a porta.

Com um Miles aliviado preso na parte de trás dela.

CAPÍTULO 7

— **Vamos, tio Aaron! Atende! Atende!**

Miles andava pela rua do Brooklyn enquanto o sol se punha, desesperado para o tio atender o telefone. Talvez ele soubesse o que fazer.

Isso é loucura, pensou Miles. *O que vou falar para ele?* "Ei, tio Aaron, sabe quando a gente estava pichando as paredes do metrô ontem à noite? Bem, fui picado por uma aranha brilhante, e agora tenho todos os tipos de poderes malucos e estou mais alto e suo muito e também me grudo em coisas como cabelo..."

— Oi, aqui é o Aaron — soou a voz do tio, e, por um segundo, Miles estava pronto para desabafar. Até que o tio continuou falando. — Estou fora da cidade por alguns dias. Falo com você quando voltar. Paz.

Não não não não não...

De repente, Miles ouviu pneus cantando no asfalto. Ele ergueu o olhar e percebeu que tinha andado até o meio da rua, e um carro vinha rápido em sua direção. Já era. Acabou pra ele.

Exceto que não acabou.

Porque Miles saltou por cima do carro e pousou a uns seis metros de distância.

Mas que...?!

Algumas crianças na rua viram o que aconteceu e começaram a aplaudir espontaneamente.

Apavorado, Miles correu para a entrada do metrô logo à frente. Lançou um olhar para o telefone e pensou por um instante em ligar para os pais. Mas conversar com o tio era uma coisa. Contar para a mãe o que estava acontecendo? Ou para o pai?

Acho que não.

Ele continuou descendo as escadas e esperou o próximo trem na plataforma.

Miles desceu do trem e esperou o metrô sair da estação. Então pulou para os trilhos e entrou no túnel. Depois de um tempo, chegou à cerca que ele e o tio haviam saltado na noite anterior.

E, esta noite, ele realmente pulou. Um salto, e estava feito. Sem escalar.

Ele se deparou com o mural que ele e o tio pintaram. Então começou sua busca a sério.

Tem que estar por aqui em algum lugar...

Ele vasculhou os escombros no chão, procurando qualquer sinal dela.

Aí está!

A aranha que havia picado Miles estava no chão, morta. Virando-a, Miles viu que ainda brilhava. Talvez não tanto quanto na noite anterior, mas ainda assim brilhando.

— Está vendo? — Miles disse em voz alta. — É uma aranha normal. Muito normal. É até chato o quanto a aranha é normal...

Um ruído baixo e retumbante ao longe interrompeu a linha de pensamento de Miles, e ele ergueu o olhar. Além do mural, havia uma entrada para um túnel escuro e abandonado do metrô. O ruído ficou mais alto, e Miles sentiu as vibrações em seus pés.

E sentiu outra coisa.

Era como uma ardência... não, era mais como uma sensação de zumbido na base de seu crânio. Como se alguém estivesse empurrando um barbeador elétrico contra seu pescoço em um ponto.

Bem quando eu pensei que as coisas não podiam ficar mais estranhas...

Miles deu um passo em direção ao túnel abandonado e sentiu o estranho formigamento na sua nuca se intensificar.

— Por favor, me diga que há uma maneira de desligar isso — disse ele baixinho, esperando que alguém, em algum lugar, estivesse ouvindo, e pudesse fazer algo a respeito.

Tocando um botão no celular, Miles ativou um aplicativo de lanterna para esclarecer a situação. Ele entrou no túnel e ouviu o som da própria respiração.

Ele estava respirando com dificuldade.

Isso é assustador.

Enquanto caminhava, ele se deparou com uma superfície metálica brilhante que parecia um tubo. Chegando mais perto, Miles viu que havia algo escrito nela:

ALCHEMAX

O ronco continuou, agora acompanhado de um zumbido.

A sensação na nuca dele ficou mais forte. Então Miles seguiu adiante.

Ele começou a correr, percebendo que quanto mais avançava, mais forte ficava a sensação na base de seu crânio. Ele fez uma curva, e a sensação aumentou a ponto de Miles ter certeza de que ia pular para fora do corpo.

Pule!

E então ele pulou, e por pouco não foi atropelado por um vagão do metrô que estava atravessando o ar.

HOMEM-ARANHA NO ARANHAVERSO

Miles aterrissou no momento em que o carro colidiu com a parede.

Caramba, caramba, caramba...

Miles virou a cabeça e viu um buraco na parede além. Espiando lá dentro, ele não podia acreditar no que viu.

CAPÍTULO 8

— N orm! Norm. Olhe para mim. Você é um cientista; você sabe o quanto esse experimento é perigoso?

Aquele é o... é o Homem-Aranha! pensou Miles. *O Homem-Aranha de verdade!*

E era mesmo. Ao olhar pelo buraco na parede, Miles o viu, saltando de um lado para outro em uma sala cheia de equipamentos científicos. Mas ele não estava saltando apenas para se exercitar. Ele estava evitando algo.

Alguém.

— Por que não está me ajudando a parar isso? — questionou Homem-Aranha.

— Não depende de mim — respondeu uma voz sombria e ameaçadora.

Miles virou-se e viu uma criatura que parecia uma fera de sete metros e meio de altura. Era definitivamente mais monstro do que pessoa. Tinha asas e uma língua comprida, grosseira e azul.

Era o Duende Verde.

Miles já tinha visto vídeos dele lutando contra o Homem-Aranha no YouTube antes, mas nunca pensou que veria uma batalha como essa de perto.

— Depende de quem? — perguntou o Homem-Aranha.

— Acho que vou embora — disse Miles baixinho.

— Por que, por que você não desiste?! — disse o Duende Verde, abrindo as asas.

— Eu poderia perguntar a mesma coisa para você. Sabe, acho que gostaria que o Brooklyn não fosse sugado para um buraco negro. Staten Island, talvez. Não o Brooklyn! — O Homem-Aranha brincou. — Para um homem com orelhas tão grandes, você é um péssimo ouvinte, Norm!

Não consigo acreditar que isso está acontecendo...

O Duende Verde jogou um punhado de algo no Homem-Aranha, e as coisas explodiram, derrubando o herói no chão. Uma das bombas rolou, sem explodir, até perto de Miles.

— Ah, não! — Miles praguejou enquanto rolava para longe, evitando por pouco a explosão que ia acontecer. Infelizmente, agora ele estava visível, um participante involuntário em uma batalha entre Super-Herói e Supervilão. Toda vez que alguém atirava um equipamento, o chão era sacudido, derrubando Miles. Ele tentou se esconder atrás de alguns destroços, mas as asas do Duende Verde os afastaram. Miles deslizou silenciosamente pelo chão e se esforçou para ficar de pé de novo.

Isso é real demais.

Miles observou os arredores e viu que estava dentro de uma câmara enorme, na qual havia um equipamento gigantesco com tubos entrando nele. Ele parecia estar em uma plataforma elevada mais ou menos na metade da altura do salão.

Então ele ouviu uma voz computadorizada dizer: "Iniciando a sequência de ignição secundária".

Gosto mais da outra câmara, pensou Miles.

O que aconteceu depois disso foi um borrão para Miles. Viu o Homem-Aranha e o Duende Verde acima dele, lutando em outra plataforma elevada. O chão retumbou. Miles escorregou de sua plataforma e caiu.

Então ele parou de cair.

Porque o Homem-Aranha o pegou.

Ele balançou com Miles, e eles pousaram em uma plataforma bem acima de todo o equipamento abaixo.

— Você sabia que seus sapatos estão desamarrados? — comentou o Homem-Aranha.

Miles estava sem palavras. Ele mal conseguia dizer: "Uh-hum".

— Eu uso um macacão inteiro — continuou o Homem-Aranha — então eu realmente não preciso me preocupar com isso.

Então Miles sentiu aquele zumbido estranho na base do crânio novamente.

O Homem-Aranha olhou para ele, então inclinou a cabeça. Como se estivesse reconhecendo algo.

Alguém.

— Pensei que eu era o único — disse o Homem-Aranha. — Você é igual a mim.

Como ele sabe?

— Eu não quero ser — declarou Miles.

— Não acho que tenha escolha, garoto. Tem muita coisa passando pela sua cabeça, tenho certeza.

— Sim — foi tudo que um Miles atordoado conseguiu dizer.

O Homem-Aranha fez sinal para Miles ficar sentado ali.

— Você vai ficar bem. Posso ajudar. Se você ficar por aqui, eu posso lhe ensinar o básico — ofereceu, tentando tranquilizar Miles. Então o Aranha virou-se para encarar a borda da plataforma. — Eu só preciso destruir esta grande máquina bem rápido antes que o *continuum* do espaço-tempo entre em colapso. Não se mova. Te vejo daqui a pouco!

Saltando da plataforma, o Homem-Aranha executou uma cambalhota no ar e, de repente, estava pendurado de cabeça para baixo, no teto.

Ele correu pelo teto até chegar a um painel. Ele o abriu e Miles viu uma série de fios multicoloridos de aparência complicada. Então o Aranha tirou algo da roupa. Miles não conseguiu ver exatamente o que era, mas o herói o conectou a uma entrada que estava pendurada no painel.

O que ele está fazendo?

— Está certo, pessoal — Homem-Aranha gritou —, a festa acabou!

— A festa, Homem-Aranha, está apenas começando — disse uma voz grave, ressoando por toda a câmara. — E eu não me lembro de ter convidado você.

Um homem saiu das sombras. Mas ele não era apenas um homem. Era um homem enorme. Gigantesco. Parecia um armário.

Miles sabia quem ele era. Wilson Fisk. Das Indústrias Fisk.

— A metáfora da festa foi uma má ideia — disse o Homem-Aranha, olhando para cima. — Ai, caramba.

Miles não podia fazer nada enquanto a cena se desenrolava. Em um flash, um borrão roxo passou diante de seus olhos, atingindo o Homem-Aranha. Era um homem de máscara, com luvas com garras e botas pesadas.

— Gatuno, cara, eu estava no meio de um assunto! — o Homem-Aranha disse, atordoado. Ficou claro que os golpes do Gatuno o abalaram. — Eu já estou cansado...

O Gatuno partiu para cima do Homem-Aranha, mas o lançador de teias se recuperou o suficiente para evitar as garras e desviar dos chutes.

Até que ele não conseguiu, e o Gatuno acertou um chute circular, lançando o Homem-Aranha para a parede do maquinário gigante abaixo.

— Você está com raiva de mim? — perguntou o Homem-Aranha. — Sinto que você está com raiva de mim.

Aturdido, impotente, Miles só podia assistir. Sem saber mais o que fazer, ele pegou o celular e tirou uma foto do lançador de teias em ação.

— Isso é tudo que você tem? — o Homem-Aranha perguntou, recuperando o fôlego.

Miles olhou para baixo e viu o Duende Verde pousar no Homem-Aranha, prendendo o herói no chão.

— Eca, que nojento — o Homem-Aranha gemeu, afastando a cabeça da língua viscosa do Duende Verde.

A vontade de fazer alguma coisa, de ajudar o Homem-Aranha — de ficar de pé e lutar — surgiu em Miles. Mas junto com ela veio o medo. O medo de se colocar em perigo mortal. Do que sua mãe... seu pai pensariam. Medo.

— Homem-Aranha, você veio até aqui — disse Fisk. — Assista ao teste. É um show de luzes fenomenal. Você vai adorar.

— Não! Não! — o Homem-Aranha gritou, sua voz soando desesperada. — Não faça isso! Pare! Você não sabe o que isso pode fazer! Você vai matar todos nós!

De seu poleiro, Miles assistia impotente enquanto o maquinário abaixo ganhava vida, rugindo como uma espécie de gigante raivoso. Ele jurou que ouviu o Homem-Aranha gritar "Não!" novamente, mas não tinha certeza. Miles mal conseguia ouvir qualquer coisa fora o som da máquina.

Tudo estava vibrando, e Miles sentiu que seria jogado para fora da plataforma. Ele se agarrou, tentando ficar deitado, rezando para que a força estranha que o fez ficar grudado em Wanda mais cedo naquele dia estivesse ativa agora.

HOMEM-ARANHA NO ARANHAVERSO

Agora havia algum tipo de show de luzes psicodélicas louco acontecendo abaixo. Miles estreitou os olhos, tentando ver o que estava acontecendo. Ele só conseguia distinguir breves flashes, relâmpagos...

Homem-Aranha enfrentando Duende Verde.

Homem-Aranha saltando para longe.

O Duende Verde agarrando Homem-Aranha.

A luz ficando mais intensa. Um feixe, circulando, espiralando, com cores brilhantes.

O Duende Verde, puxando o Homem-Aranha para o raio.

Em seguida, uma explosão de cor e luz que quase cegou Miles.

CAPÍTULO 9

Eu *estou morto?*
Miles piscou algumas vezes. As cores começaram a desaparecer e ele viu a câmara cheia de fumaça ao seu redor.
Não, não estou morto. Mas tudo dói.
Ele se viu em cima de uma pilha de escombros e percebeu que, após a explosão ou pulso ou o que quer que tenha sido, ele deve ter sido derrubado da plataforma e caído no chão abaixo. Ele não tinha certeza de como sobrevivera, mas achava que suas habilidades recém-descobertas deviam ter algo a ver com isso.

Levantando-se, Miles viu o Duende Verde. Na verdade, o que restava dele. O monstro havia sido esmagado pelos destroços de alguma máquina pesada. Não era bonito de ver.

E então viu o Homem-Aranha.

— Ei! — Miles disse, correndo até o escalador de paredes. — Você está bem?!

Miles podia ouvir o sibilo do Homem-Aranha e viu que seu corpo estava preso por mais máquinas.

— Estou bem, estou bem — respondeu o Homem-Aranha, lutando para falar. — Só estou descansando.

Miles ouviu uma barulheira vinda de cima. Ele ergueu o olhar e viu sombras se movendo.

— Encontrem-no — soou a voz. *Fisk*. — Agora, ele está aqui, em algum lugar.

E então Miles os viu. Os capangas de Fisk.

— Ouça, temos que nos unir aqui — não temos muito tempo — começou o Homem-Aranha, mostrando um pequeno pen drive. — Esta chave de sistema é a única maneira de parar o colisor. Lá em cima, basta dar um salto, rastejar até o painel, conectá-lo. Botão vermelho, ok?

— Não posso fazer nada — protestou Miles. — Eu só tenho treze anos!

— Treze? — o Homem-Aranha disse, reflexivo. — Ai, caramba. É bem jovem.

— Você consegue se levantar? — perguntou Miles.

— Sim, sim, eu sempre me levanto. — O Homem-Aranha tentou rir, mas uma tosse profunda e carregada saiu em vez disso. — Tossir provavelmente não é um bom sinal — conseguiu dizer. — Ouça — acrescentou depressa, como se não houvesse muito tempo. — Você precisa de uma máscara. Precisa esconder seu rosto. Não conte a ninguém quem você é. Ninguém pode saber. Ele controla todo mundo.

— O quê? — disse Miles.

Isso tudo está acontecendo rápido demais...

— Se ele ligar a máquina novamente, tudo o que você conhece desaparecerá! Sua família, todo mundo! Todo mundo. Prometa que vai fazer.

Miles engoliu em seco.

— Prometo.

— Vai! — o Homem-Aranha gritou, sua voz soando mais fraca do que antes. — Destrua o colisor. Eu vou encontrar você... vai ficar tudo bem.

Ele os ouviu se aproximando, os homens de Fisk. Miles pegou o pen drive do Homem-Aranha e então passou por cima de uma pilha de escombros.

Meio escondido, Miles viu os homens chegarem, Fisk logo atrás deles. Fisk se elevou acima do Homem-Aranha, regozijando-se.

— Acabamos com os testes. Quero o que me foi prometido. Dois dias — declarou Fisk, falando com alguém que Miles não conseguia ver. Então, Fisk virou-se para o Homem-Aranha. — Eu diria que é bom ver você de novo, Homem-Aranha. Mas não é.

— Ei, Rei do Crime — chamou o Homem-Aranha, lutando para respirar. — Como vão os negócios?

— Excelentes.

— Legal — respondeu o Homem-Aranha.

Então o homem enorme estendeu a mão carnuda, agarrou a máscara do Homem-Aranha e a arrancou.

Miles apertou os olhos. Era um cara de cabelo loiro. Mais velho que ele, com certeza. Talvez com uns vinte anos.

— Você é diferente do que eu esperava — brincou Fisk.

— Você quer dizer mais bonito? — O Homem-Aranha respondeu, ofegante.

— Gatuno — chamou Fisk. — Faça as honras.

Miles viu a figura vestida de roxo do Gatuno emergir da escuridão abaixo, erguendo suas garras e aproximando-se do Homem-Aranha.

— Não quer saber o que eu vi lá? — Homem-Aranha disse, sua voz frenética.

— Espere! — Fisk ordenou, levantando a mão. O Gatuno parou onde estava.

— Isso pode abrir um buraco negro embaixo do Brooklyn — explicou o Homem-Aranha. — Você é dono do Brooklyn, por que faria isso?

— Nem sempre é por causa de dinheiro, Homem-Aranha — respondeu Fisk.

— Eu sei o que você está tentando fazer — retrucou o Homem-Aranha. — Não vai funcionar. Eles não vão voltar.

Fisk encarou o Homem-Aranha e estendeu as mãos. Miles só pode assistir enquanto o homem gigantesco acabava com a vida do protetor aracnídeo da cidade.

Então Miles gritou.

Os olhos de Fisk dispararam para o alto, e Miles sabia que havia sido notado.

— Mate aquele garoto — foi tudo o que escutou, quando viu o Gatuno saltar em sua direção.

CAPÍTULO 10

Miles sentiu como se todo o seu corpo estivesse no piloto automático. Ele estava correndo, as pernas se movendo como pistões, através do túnel escuro que o levou até o Homem-Aranha anteriormente.

Ele alcançou a cerca, passou por ela com um salto, nem chegou a pensar.

Passos pesados seguiam logo atrás, aproximando-se, mais perto, mais perto.

O Gatuno.

Miles caiu no chão e começou a correr.

O Gatuno estava quase o alcançando.

Miles praticamente podia sentir as garras do Gatuno em suas costas.

A sensação estranha na base de seu crânio voltou, e Miles se virou para ver que um trem do metrô vinha pelo túnel, direto para cima dele. Ele saltou no ar, as mãos e os pés batendo no teto, e o trem trovejou abaixo dele.

Ele se agarrou firmemente ao teto, o ar viciado correndo ao seu redor.

O trem passou e Miles viu o Gatuno esperando por ele. Agora estava andando, como se soubesse que sua presa não ia a lugar algum. Miles puxou as mãos para se soltar do teto.

Elas estavam presas.

De novo não! Não, não, não, agora não!

O Gatuno estava a apenas alguns metros de distância.

Miles puxava as mãos. Nada.

Ele puxou com ainda mais força.

Um som de rasgar.

Era a pele em suas mãos se rasgando.

Miles caiu no chão.

O menino correu. Ele ouviu o som de outro trem se aproximando e correu para a plataforma, talvez a seis metros de distância. O trem estava entrando na estação. Miles tinha uma única chance. Ele correu, o Gatuno logo atrás dele. Então Miles pulou.

Ele alcançou a plataforma e o trem chegou. O Gatuno estava do outro lado do carro. Miles tinha conseguido alguns segundos.

Ele disparou pelas escadas, para a rua acima.

Miles tinha escapado.

CAPÍTULO 11

— Por que você não está na escola?

Miles tentou ficar muito quieto enquanto escalava a parede e entrava no próprio quarto pela janela. Mas devia saber que o pai ouviria. No instante em que Miles viu o pai, correu até ele, abraçando-o com força.

Jefferson parecia não saber como reagir a princípio. Então abraçou o filho, bem apertado.

— Ei, ei — disse, tentando acalmar Miles. — Está tudo bem.

— Miles? ¿Que te pasa? — a mãe exclamou, entrando no quarto de Miles. Também estava surpresa ao ver o filho em casa. — É por causa do terremoto?

Terremoto? pensou Miles. *O que quer que tenha acontecido naquele túnel de metrô essa noite deve ter sido sentido por toda a cidade de Nova York!*

— Posso dormir aqui esta noite? — Miles implorou.

— Miles, é noite de semana — começou Jefferson. — Você se comprometeu com aquela escola...

— Jeff, ele está assustado.

Um momento de silêncio enquanto o pai de Miles olhava para a mãe.

— Claro que pode ficar — consentiu Jefferson, saindo do quarto.

— Pai?

— Sim? — Jefferson respondeu, olhando para o filho.

— Você realmente odeia o Homem-Aranha? — perguntou Miles. Ele precisava saber.

Jefferson encarou Miles, confuso.

— Sim? Quer dizer, com um vigilante não tem como...

Então Rio empurrou Jefferson para fora do quarto.

— Jeff, *mi amor* — disse ela.

— O quê? — Jefferson se defendeu. — Ele perguntou. Amor, você sabe como me sinto sobre o Homem-Aranha, poxa...

Enquanto Jefferson atravessava o corredor, Miles recostou-se na cama. Rio acariciou a testa dele.

— *Tu sabes que él te quiere mucho...* você sabe disso, certo? — ela disse com ternura. — Ele só quer que você tenha mais opções que ele teve.

Então Rio deu um beijo na testa de Miles, apagou as luzes e fechou a porta.

Miles tinha a sensação de estar em transe. Tudo o que aconteceu na noite anterior parecia um sonho horrível e distorcido. Só que não era um sonho. Ele tinha o pen drive no bolso para lembrá-lo disso.

Ele ficou quieto em casa. Miles viu o pai sentado no sofá, assistindo à TV. As notícias estavam chegando agora sobre os eventos da noite anterior.

Os eventos que Miles havia testemunhado em primeira mão.

— Uma notícia de última hora — veio a voz de um repórter na TV. — Temos relatos de que um homem usando a máscara do Homem-Aranha foi encontrado morto em frente ao Clarim Diário, aparentemente devido a uma lesão no pescoço. Podemos confirmar agora que o nome do homem é Peter Parker, um estudante de pós-graduação de 27 anos.

"Ele era muitas coisas", continuou o repórter. "Herói, guardião... hoje, porém, o valoroso defensor de Nova York se foi. Embora possa parecer impossível, diversas fontes confirmam que Peter Parker era, de fato, o Homem-Aranha, deixando um vazio permanente em nossa cidade sitiada."

Os olhos de Miles ficaram grudados na TV enquanto a imagem cortava para entrevistas com vários transeuntes da cidade. "Eu o vi no ônibus uma vez", disse uma pessoa. "Ele estava sempre salvando todo mundo. Ele ainda era um cara normal. Um cara legal. O Homem-Aranha está morto".

O repórter voltou a aparecer na tela.

— Morador de longa data do Queens, Parker deixa a esposa, Mary Jane, e uma tia, May Parker.

— Vou sentir falta dele.

Miles se virou para ver o lojista logo atrás dele. Ele estava em uma loja de fantasias, sem ter certeza do que estava fazendo lá. Na frente dele estavam vários trajes do Homem-Aranha de tamanhos variados.

— Sim — respondeu Miles.

— Nós éramos amigos, sabe — o lojista revelou, melancólico.

— Posso devolver se não servir? — Miles perguntou, gesticulando para a fantasia em suas mãos.

— Sempre serve — respondeu o dono da loja. — Com o tempo.

CAPÍTULO 12

Eu me pergunto quando o tempo *vai chegar. Essa* coisa *não serve de jeito nenhum!*

Miles tinha vestido a fantasia folgada, que ficava sobrando em todos os lugares errados. Ele se perguntou o que estava fazendo. Tinha seu próprio conjunto incrível de poderes de aranha, e agora estava vestindo o traje do herói morto.

Agora estava em uma catedral na cidade de Nova York, entre um mar de pessoas também vestidas como o Homem-Aranha. Algumas estavam usando trajes completos, como ele. Outros pareciam usar roupas mais feitas em casa, ou usavam camisetas, bonés. Tudo estampado com as familiares cores vermelho e azul, a teia, os distintos olhos de aranha.

Era o funeral de Peter Parker.

Miles viu uma mulher alta de cabelos ruivos de pé no altar da catedral, falando ao microfone.

— Meu marido, Peter Parker, era uma pessoa comum. Ele sempre disse que poderia ser qualquer um por trás da máscara, que ele apenas foi o rapaz que por acaso foi picado. Ele realmente não sabia o que fazer ou como fazê-lo. Ele não tinha certeza se merecia fazê-lo. Ele não pediu para ter os poderes, mas escolheu ser o Homem-Aranha.

A mulher enxugou os olhos com um lenço.

— *As coisas pelas quais Peter estava lutando não morreram com ele. E as coisas contra as quais ele lutava também não. Se vocês aprenderam alguma coisa com o exemplo dele, espero que seja isso: Vocês são poderosos e contamos com vocês.*

A mulher se afastou do púlpito enquanto uma senhora mais velha de cabelos grisalhos a consolava. Nesse momento, Miles sentiu aquela sensação de zumbido na base do pescoço mais uma vez, os pelos de seu braço se arrepiando. Ele virou a cabeça. Olhou para fora e pensou ter visto algo em um telhado, rápido e fugaz.

Teria sido o Gatuno?

Miles saiu do funeral, abrindo caminho pela multidão densa. Ele não sentia mais a sensação de zumbido, mas, mesmo assim, ela o deixara perturbado. Ele não tinha certeza do que fazer quanto a isso e não conseguia afastar a sensação de que o Gatuno estivera lá.

Ele me seguiu?, Miles se perguntou. *Será que ele... sabe quem eu sou?*

Ele dobrou uma esquina e tirou algo da jaqueta. Era a revista em quadrinhos do Homem-Aranha que tinha visto em seu dormitório, aquela com a história de origem do escalador de paredes. Miles não sabia por que tinha trazido o quadrinho.

Abrindo a revista, Miles folheou as páginas e viu os painéis nos quais o Homem-Aranha testou seus novos poderes pulando de um prédio.

Engolindo em seco, Miles enrolou o quadrinho, enfiou-o de volta na jaqueta e correu.

É hora de testar esses meus novos poderes.

Miles não sabia ao certo com qual construção se deparara. Só sabia que tinha entrado, aberto a porta da escada e subido correndo.

Subindo, subindo e subindo.

O caminho todo até o último andar. Ele nem perdeu o fôlego. Sua respiração estava completamente normal.

Abrindo a porta, saiu para o telhado. Caminhando até a borda, determinado, Miles olhou para baixo. Ele estava bem alto. Alto o suficiente para que ele pudesse olhar para baixo e ver os telhados de outros prédios.

Olhando para um telhado, Miles pensou, *eu consigo chegar lá*.

Estalando o pescoço, ele fez uma pausa. Respirou fundo, depois inspirou de novo. E de novo. Então, correu em direção à borda.

E tropeçou no cadarço desamarrado.

E deixou cair o pen drive — a chave de sistema — que o Homem-Aranha havia confiado a ele.

Miles caiu em cima da chave e ouviu em alto e bom som um *CRACK*.

Quando olhou para baixo, viu que o pen drive estava em pedaços.

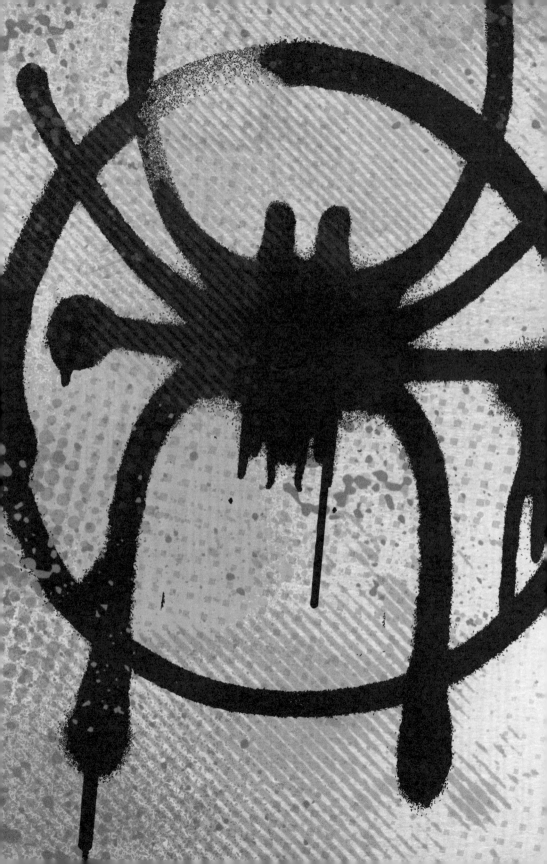

CAPÍTULO 13

Estava frio lá fora.

Frio e com neve.

E Miles estava ali, observando a neve cair, parado nos jardins do lado de fora da catedral, de pé junto ao túmulo de um homem que mal conhecera.

— Sinto muito, sr. Parker — disse Miles. Ele trazia a máscara do Homem-Aranha em uma mão, ainda vestindo a fantasia que usara mais cedo naquele dia. O funeral havia acabado há muito tempo, e a catedral se esvaziara. Miles tinha ficado por perto e esperado que todos fossem embora.

— Aquela coisa que você me deu, aquela chave… — Miles segurou o pen drive na mão. — Acho que realmente estraguei tudo. Quero fazer o que você pediu. Quero de verdade, mas… desculpe, não consigo fazer isso sem você.

— Ei! Garoto!

Miles rapidamente puxou a máscara sobre a cabeça e se virou. Ele viu alguém parado no escuro, aproximando-se. Sem saber o que fazer, Miles levantou os braços. Houve um lampejo de eletricidade ou sabe-se lá o quê que saiu das mãos de Miles e atingiu a figura à sua frente.

Mas que…?!?

Então, de repente, algo fibroso e pegajoso voou da figura à sua frente, cobrindo as mãos de Miles.

— Não! — gritou Miles. — Não é possível. Quem é você?

Avançando, Miles se aproximou da pessoa que espreitava nas sombras. Ele sentiu um lampejo de algo na base de seu crânio. Então se aproximou mais. E mais um pouco. Miles olhou para o rosto dele. O cabelo era castanho, mas não havia como confundir o rosto.

Era Peter Parker.

CAPÍTULO 14

Miles encarava o homem que se parecia com Peter Parker. Ele conseguiu de alguma forma levá-lo até o apartamento de tio Aaron. Com o tio fora da cidade por alguns dias, seria o lugar perfeito para se esconder e descobrir exatamente o que estava acontecendo.

Por fim, o homem começou a recuperar a consciência.

— Você é igual a mim — disse o homem.

— Veremos — respondeu Miles, tentando parecer durão.

— Ah, que *fofo*.

Miles ofegou, deu um passo para trás e ficou surpreso que as cordas realmente estivessem aguentando. Havia passado os últimos quinze minutos amarrando o homem a uma cadeira, usando qualquer coisa que pudesse encontrar. Cordas, cabos de computador, extensões, barbantes —literalmente, qualquer coisa que conseguiu encontrar que pudesse ser usada para amarrar alguém.

— Está certo — disse o homem. — Agora isso é menos fofo.

— Por que você se parece com Peter Parker? — perguntou Miles.

— Porque eu *sou* Peter Parker.

— Então por que você não está morto? — Miles questionou, tentando entender a situação. — Por que seu cabelo é diferente? Por que você é mais velho? Por que...

— Você também não é nenhum galã, garoto — disse Peter. — A maioria dos super-heróis não usa os próprios produtos — Ele acenou para a fantasia de loja de Miles.

— Você é um fantasma? — Miles perguntou, muito sério.

Por favor, não seja um fantasma.

— Não — respondeu Peter.

— Você é um zumbi?

Por favor, não seja um zumbi.

— Pare com isso.

— *Eu* sou um zumbi?

— Você não está nem perto — declarou Peter.

Miles pensou por um momento. Então, entendeu.

— Você é de outra dimensão? Tipo, de um universo paralelo onde as coisas são como neste universo, mas diferentes? E você é o Homem-Aranha naquele universo? Mas de alguma forma viajou para este universo? Mas você não sabe como?

— Uau — disse Peter, impressionado. — Isso foi realmente apenas um palpite?

— Bem, nós aprendemos sobre isso na aula de física...

— Teoria quântica — disse Peter, completando o pensamento de Miles.

— Isso é incrível! — disse Miles. — Você pode me ensinar! Como Peter disse que faria!

— Antes de morrer — acrescentou Peter.

— Sim, exatamente!

— Nem pensar — respondeu Peter.

— Eu fiz uma promessa para ele, cara — Miles disse, seu tom de voz sério.

— Você quer aprender a ser o Homem-Aranha?

Miles balançou a cabeça.

— Não, eu *tenho* que aprender a ser o Homem-Aranha.

Os dois Homens-Aranha se entreolharam.

— Então essa é a primeira lição, garoto. Não olha para boca. Vigie as mãos.

Então ele mostrou as mãos para Miles. As mãos que tinham acabado de desamarrar as cordas que o prendiam à cadeira. Miles ficou boquiaberto enquanto Peter se levantava.

Em um instante, Peter saltou no ar, chutou a cadeira em direção a Miles, derrubando-o. Então ele girou uma teia, cobrindo a boca de Miles, para que ele não pudesse gritar. Um salto depois, Peter estava na janela aberta do apartamento do tio Aaron.

— Eu assumo a partir de agora, garoto. Tenha uma boa vida, não faça besteira, continue na escola — Peter se despediu.

Não vá embora, não vá embora, não vá embora!, pensou Miles.

Peter parou na janela, virando-se.

— Confie em mim, garoto, tudo isso fará de você um Homem-Aranha melhor.

Então Peter pulou da janela.

Menos de um segundo depois, Miles ouviu um grito e o som de Peter se chocando contra a escada de incêndio.

— Ei, você está bem? — Miles perguntou, ajudando Peter a se sentar. Ele havia rolado vários lances de escada e parado em um patamar da escada de incêndio alguns andares abaixo.

— Não estou, não. Não acho que meus átomos estejam muito contentes por estarem na dimensão errada — respondeu Peter. Ele olhou para Miles. — Eu tenho um monte de coisas para resolver em casa. Não estou procurando trabalho extra como treinador de Homem-Aranha.

— Eu li os quadrinhos — argumentou Miles. — Com grandes poderes vêm grandes...

— Não ouse terminar essa frase! — Peter interrompeu. — Eu estou cansado disso! Confie em mim, você não quer ser o Homem-Aranha, garoto.

Um olhar estranho de repente apareceu no rosto de Peter, e todo o seu corpo se contorceu, vibrando. Era como se ele estivesse fora de sincronia ou algo assim.

O que foi isso?, Miles se perguntou.

— Eu não tenho escolha — Miles protestou. — Fisk tem um supercolisor. Ele está tentando me matar.

— Espere aí. O que você disse? — Peter disse, interrompendo Miles.

— Fisk está tentando me matar!

— Isso é o de menos. Onde está o colisor? — perguntou Peter.

Este Peter Parker com certeza não é igual ao outro Peter Parker...

— Brooklyn. Subsolo da Torre Fisk.

— Tchau! — Peter gritou quando começou a correr.

CAPÍTULO 15

— A onde você está indo? — gritou Miles. *O que está acontecendo?* pensou. *Não estou entendendo.*

Assim que Miles mencionou o supercolisor e sua possível localização, Peter Parker se foi. Ele simplesmente largou Miles parado na escada de incêndio do lado de fora do apartamento de tio Aaron.

Então Miles fez a única coisa que conseguiu pensar em fazer.

Ele seguiu Peter.

Peter ia andando na frente e não parecia ouvir Miles, que estava mantendo o ritmo, andando o mais rápido que podia, mas ainda era novo nisso.

Não em andar; aquilo ele sabia como fazer.

Andar nas paredes. Aquilo era novo.

Miles estava cerca de cinco metros atrás de Peter, enquanto caminhavam de lado ao longo da parede de um prédio de dez andares. Peter chegou à beirada, olhou em volta e começou a descer a parede, em direção à rua. Miles estava logo atrás.

— Quando eles o ligarem de novo — Peter disse — vou pular de volta no...

— Você não pode deixar que eles o liguem! — protestou Miles. — Eu tenho que explodi-lo para que ele nunca funcione novamente ou todo mundo vai morrer!

— Ou todo mundo vai morrer — repetiu Peter, e Miles poderia jurar que seu tom era zombeteiro. — É o que sempre dizem. Mas sempre há um pouco de tempo antes que todos morram, e é quando eu trabalho melhor.

— Você não vai precisar disso? — Miles questionou, enquanto tirava o pen drive quebrado do bolso.

— Você tem um trequinho? Dê — disse Peter, estendendo a mão. Miles recuou.

— Espere, não. Não tão rápido. Ele, o outro Peter, chamou de chave de sistema.

Peter revirou os olhos. — Sempre há uma chave de invasão, uma chave de vírus, uma chave de sei lá o quê — disse ele. — Eu nunca consigo me lembrar, então eu sempre chamo de trequinho. Dá pra mim.

— O que isso faz? — perguntou Miles.

— Mais tarde eu conto — respondeu Peter. — Só me dá.

Até parece que vou cair nessa, pensou Miles. Então ele colocou a chave de sistema na boca.

— Não! — falou, com a boca cheia de plástico e metal. — Eu vou engolir, não tente me enrolar!

— Vou usá-lo para hackear o sistema, informar para onde me enviar, pular no portal e ir para casa. Entendeu?

Então Peter deu as costas e recomeçou a andar.

— Mas eu preciso do trequinho — Miles replicou.

Miles não entendeu bem o que aconteceu em seguida. Pelo que ele conseguiu perceber, enquanto falava, Peter tinha lançado uma teia bem na sua boca, pegando a chave de sistema e puxando-a de sua boca.

— Ei! Espere! Ei! — gritou Miles.

Peter examinou a chave que tinha nas mãos.

— Você quebrou isso?

— Não — Miles mentiu. — Ela quebrou. Não lembro como aconteceu.

— Por isso que não tive filhos. É por isso que nunca quis.

Miles olhou para o aparelho quebrado e depois para Peter.

— Não podemos fazer outra?

— Não podemos fazer nada — disse Peter, parecendo exasperado. — Graças a você, tenho que roubar de novo o que o seu cara roubou da Alchemax e fazer outro desses.

— O outro Peter, ele disse que se eu não destruir o colisor, poderia romper o *continuum* do espaço-tempo — informou Miles. — Parece que isso poderia bagunçar o seu universo também. Olha, se você não me ajudar, você não terá um lar para onde voltar.

— Bem, isso é uma porcaria — Peter resmungou. — Vamos, garoto, temos uma primeira parada muito importante!

Miles sorriu.

Vitória.

Miles não conseguia acreditar que aquela era a "primeira parada muito importante". Ficou sentado do outro lado da mesa, em frente a Peter Parker, assistindo enquanto ele enfiava na boca um hambúrguer enorme, pingando todos os condimentos conhecidos pelo homem.

— Eu amo este hambúrguer — declarou Peter, a boca cheia de comida. — Muito gostoso. Um dos melhores hambúrgueres que já comi. No meu universo, este lugar fechou há seis anos. Não sei por quê. Não sei mesmo.

Miles revirou os olhos. O destino do mundo estava em jogo, e aqui estava ele, sentado em uma lanchonete, assistindo ao Homem-Aranha de outro universo comer um hambúrguer.

— Podemos focar? — Miles implorou.

Em resposta, Peter despejou um monte de batatas fritas de um saco gorduroso na mesa. Então ele as espalhou com as mãos e pegou um único pedaço empapado de batata.

— Certo — disse Peter, soando como um professor. — Esta batata frita é o seu universo. Está encharcada, mal-cozida, pequena, estranha, nojenta — quer crescer para ser um universo melhor.

Miles suspirou.

Então Peter apontou para outra batata frita.

— E essa batata frita crocante, deliciosa e normal é o meu universo.

— Então, como isso trouxe você para cá? — perguntou Miles.

— Entrelace quântico — Peter respondeu. — O Homem-Aranha do seu universo é outra versão de mim. A assinatura quântica dele me sugou até aqui através de algum portal criado pelo colisor de Fisk.

Miles coçou a cabeça.

— O que Fisk quer com um portal para diferentes dimensões?

Peter deu de ombros.

— Não sei. Ele é o seu Fisk, não o meu. E eu preciso usar esse portal para me levar da sua batata frita para a minha batata frita. Eu chamo de Homem-Aranha: de volta ao lar.

Apontando para a pilha de batatas fritas, Miles disse:

— Há uma versão de você em cada uma dessas?

Peter deu de ombros novamente.

— Espero que não.

— O outro Peter...

— Se não se importa, vamos chamá-lo de Peter-morto, só para evitar confusão.

Os olhos de Miles se arregalaram.

— Que tal não? O outro Peter disse que ia me ensinar as coisas. Você tem alguma dica de Homem-Aranha que possa me dar agora?

— Sim, tenho várias — disse Peter, mastigando. — Desinfecte a máscara. Use talco de bebê na roupa, capriche nas juntas. Não pode ficar assado, sabe?

— Algo mais? — Miles perguntou incrédulo.

— Não, isso foi tudo.

— Acho que você vai ser um péssimo professor — comentou Miles.

— Veremos. Procure onde está a Alchemax.

Pegando o celular, Miles fez uma busca rápida e começou a ler.

— "A Alchemax é um campus tecnológico privado em Hudson Valley, Nova York".

Peter deu um tapa na mesa, fazendo com que a pilha de batatas fritas se espalhasse.

— Ótimo. Vamos para Hudson Valley.

— Certo — disse Miles, ansioso para começar. — Você pode me ensinar a balançar no caminho até lá.

Peter riu.

CAPÍTULO 16

A viagem de ônibus de Manhattan até Hudson Valley em Nova York levou quase três horas. A princípio, Miles pensou que talvez eles pudessem ir lançando teias até a Alchemax, mas Peter foi um pouco mais prático.

O ônibus os deixou a cerca de um quilômetro e meio de distância das instalações da Alchemax. De lá, eles foram andando. Começaram seguindo pela estrada, mas quando se aproximaram, Miles e Peter entraram na floresta que ladeava a rua. Para onde estavam indo, talvez precisassem do elemento surpresa.

Miles viu os laboratórios à distância. Edifícios de aparência severa pontilhavam a paisagem. Era bem austero. Espiando por entre as árvores, ele viu um bando de brutamontes andando do lado de fora.

— Então, como vamos refazer os passos de Peter? — perguntou Miles.

— Essa é uma boa pergunta — respondeu Peter. — O que eu faria se fosse eu?

Hein? Ah, certo.

— Certo, já sei. Primeiro passo: eu me infiltro no laboratório — Peter começou. — Segundo: encontro o computador do cientista-chefe. Terceiro passo: hackeio o computador...

— Tecnicamente não é hackear — corrigiu Miles. — É mais...

— Agora não, espere. Agora me perdi. Quarto passo: baixar as coisas importantes, vou saber quando vir. E quinto passo: pegar uma rosquinha no refeitório e sair correndo.

Peter terminou de listar as etapas, nenhuma das quais parecia incluir Miles.

— Então o que vou fazer? — perguntou Miles.

— Sexto passo: você fica aqui. Será o vigia — respondeu Peter. — Muito importante.

Frustrado, Miles estava prestes a explodir.

— Olha, cara, você tem que me ensinar a fazer coisas de Homem-Aranha ou eu não vou poder ajudar...

— Está bem! — Peter cedeu. — Assista e aprenda, garoto. Vou testar você mais tarde. Está indo muito bem, Miles. — Ele criou uma teia que atingiu o prédio e se afastou. Miles o viu alcançar a instalação, então arrombar uma grade no chão e pular para dentro.

Saco. Acabei ficando com o pior Homem-Aranha.

Miles estava sentado na pedra, no meio da floresta, sozinho, perguntando-se por que se incomodou em vir até aqui para começo de conversa. Não era como se estivesse ajudando. E não estava aprendendo a usar seus novos poderes.

Ah, e ele estava faltando à escola também. O que significava que haveria um telefonema para seus pais para descobrir onde Miles estava.

O que significa que estou morto com M maiúsculo.

Ele não tinha certeza de quanto tempo havia se passado quando viu a limusine parar no portão da frente. Algo no carro chamou sua atenção. Então ele percebeu o que era: o zumbido na base de seu crânio retornara.

A limusine passou pelo portão e foi até a entrada da frente das instalações da Alchemax. Miles ofegou ao ver Wilson Fisk sair. Ele estava ladeado por um grande brutamontes. Este tinha a pele branca feito cera, e Miles o reconheceu do noticiário como um cara chamado Lápide.

Não! Não, não, não, não, não! Miles pensou. *Eu deveria avisar Peter. Não, ele não queria minha ajuda. Mas Fisk matou o outro Homem-Aranha... e eu só fiquei olhando. O que eu faço? O que eu faço?*

Antes que percebesse, Miles saiu correndo da floresta e entrou na clareira que o separava da Alchemax. Ele se manteve próximo ao chão, fazendo o possível para evitar ser detectado.

O que estou fazendo?

Chegou ao prédio, pulou e desapareceu pela mesma grade que Peter usou para entrar na instalação.

Miles se movia por dentro do tubo de ventilação, rastejando como se fosse algo natural. Em intervalos de alguns metros, ele passava por uma grade e conseguia ver o que estava acontecendo no corredor abaixo. Ele conseguia ver Fisk acompanhado por Lápide. Havia pessoas vestindo jalecos logo à frente deles. Funcionários da Alchemax, deduziu Miles.

O que será que eles estão faz...

Antes que pudesse terminar seu pensamento, Miles colidiu com algo grande.

— O que está fazendo aqui?

Caramba, é o Peter!

— Fisk está aqui! — sussurrou Miles. — Chegue para o lado!

— Sai, você está pisando no meu pé! — Peter reclamou. — Volte lá para fora!

— Chega um pouco para a direita... — Miles insistiu. — Não posso ficar sentado e deixar o Homem-Aranha morrer sem fazer nada — declarou Miles, seu tom de voz teimoso e firme. — Não vou passar por isso de novo.

Peter olhou para Miles, e sua expressão suavizou.

— A maioria das pessoas que conheço no trabalho tenta me matar, então você é uma boa mudança de ritmo — disse ele.

Lá embaixo, viram uma mulher de jaleco se aproximar de Fisk. Miles escutou, tentando absorver a conversa.

— Veja esses dados — disse a mulher. — Sei que você não é capaz de realmente entender, mas esses são números muito bons...

Tanto Miles quanto Peter observaram, enquanto os dois continuavam a conversar. A mulher se sentou diante um computador e começou a digitar, e Miles percebeu que Fisk e ela não estavam mais em um corredor, mas em algum tipo de sala.

Miles notou Peter abrir um sorriso.

— E... Eu sei a senha! — declarou Peter. — Viu como isso foi legal?

Ele a viu digitar a senha! Como não percebi isso?

Miles se esforçou para olhar para a cientista abaixo.

— Está vendo isso? — continuou a mulher. Ela estava mostrando algo para Fisk, mas Miles não conseguia ver o que era. — E isto? São múltiplas dimensões começando a colidir umas com as outras. Se dispararmos novamente esta semana, pode surgir um buraco negro sob Nova York. Uma ruptura no *continuum* espaço-tempo. E isso é simplesmente impraticável.

Miles ouviu, horrorizado. Peter devia ter notado a expressão em seu rosto, porque suas próximas palavras foram:

— Essas são condições bem padrão para o Homem-Aranha. Você se acostuma. Observe, ele vai dizer: *"Você tem vinte e quatro horas!"*.

E foi na mosca, Fisk deu de ombros e disse:

— Você tem vinte e quatro horas. Sem desculpas!

Talvez ele saiba mesmo *do que está falando...*

— Espere, espere — disse o cientista. — Vamos conversar mais sobre isso; deixe-me mostrar mais alguns dados...

Com isso, o grupo saiu da sala. Peter virou-se para Miles.

— Vamos nessa! É hora da ação.

— *É hora da ação?* — Miles repetiu. — Cara, isso é brega.

— Pode ser, mas eu sempre quis dizer *é hora da ação*, e nunca tive ninguém para quem dizer, então: Vamos nessa! É hora da ação!

Miles não ficou mais tranquilo.

Alguns segundos depois, Peter saiu do respiradouro e entrou na sala abaixo. Ele foi direto para o computador e digitou a senha da cientista.

— Miles — ele sussurrou enquanto digitava — vigie a porta para caso...

Quando Peter não viu Miles na porta ou em qualquer outro lugar da sala, ele olhou de volta para o tubo de ventilação. Lá estava Miles, ainda tentando sair, com as mãos grudadas.

— O que está fazendo? — perguntou Peter.

— Não consigo me mexer — explicou Miles.

— Ok, relaxe os dedos — Peter aconselhou. — Apenas relaxe, sinta o momento!

— Estou sentindo o momento! — Miles exclamou. — É um momento terrível!

— Acalme sua respiração, está bem?

Miles sentiu que ia hiperventilar.

— Esta não é sua aula de ioga, cara!

— O que você faz para relaxar?

— Não isso! — Miles ganiu

Miles respirou fundo e pensou por um momento. Depois, começou a cantarolar para si mesmo, baixinho. Ele ficou surpreso ao descobrir que podia levantar um dedo do respiradouro. E mais outro. Em pouco tempo, ele tinha soltado as mãos.

Essa foi a parte boa do conselho de Peter.

A parte ruim? Miles se soltou rapidamente e caiu no chão, com grade de metal e tudo, causando um estrondo retumbante.

— Adolescentes são terríveis — suspirou Peter. De repente, Peter pulou de seu assento como se seu sentido aranha tivesse começado a zumbir e foi até a porta. Ele olhou pela janelinha.

Peter se virou e olhou ao redor procurando por Miles.

— Miles! Aonde você foi? A cientista está voltando. Estamos fazendo barulho demais.

— Eu estou bem aqui! — respondeu Miles.

Peter obviamente ouviu Miles falar, mas continuou olhando em volta como se Miles não estivesse na sala.

— Onde? Não consigo ver você!

— Estou bem na sua frente — retrucou Miles, como se estivesse falando com uma criança de cinco anos. — O Homem-Aranha é capaz de ficar invisível?

— Não no meu universo — disse Peter, boquiaberto. Ele estendeu um dedo para ver se era verdade.

— Ai! Você me acertou no olho! — Miles reclamou.

— Isto é incrível! — disse Peter. — Deve ser algum tipo de mecanismo de defesa.

Mas eles não tiveram tempo para refletir sobre essa descoberta incrível. O som de passos se aproximou. Peter virou-se para o ainda invisível Miles e disse:

— Continue invisível e baixe os esquemas! — Então passou para Miles a senha do computador.

Como vou fazer isso? Não sei como... Onde Peter está com a cabeça?!

A porta se abriu e a cientista ficou claramente surpresa ao encontrar o Homem-Aranha parado no meio da sala.

— Homem-Aranha?

— Ah, oi! — Peter disse à cientista. — Não tinha visto você aí.

— Bem, isso é meio estranho — comentou a cientista, claramente intrigada. — Você deveria estar morto.

— Surpresa! — O Homem-Aranha brincou.

Ele não estava pronto para o que ela fez em seguida. A cientista agarrou a barra da máscara de Peter e, antes que ele pudesse impedi-la, ela a arrancou.

— Fascinante — disse ela, olhando para Peter. — Um Peter Parker totalmente diferente.

Enquanto Peter lidava com a cientista, Miles foi em silêncio até o computador. Sentou-se e digitou a senha, esperando ter lembrado corretamente da combinação de letras e números.

— Certo, isso é o meu rosto — Peter reclamou, quando a cientista começou a puxar suas bochechas.

Miles estava diante do computador, mal prestando atenção em Peter e na cientista. Estava focado em obter os arquivos de que precisava no computador. Assim que acessou, porém, não tinha ideia do que pegar. Então decidiu pegar todos os arquivos. Colocou-os numa pasta, e então começou a copiar tudo.

Foi quando o computador de repente congelou.

Sem saber mais o que fazer, Miles desligou o computador e o pegou nos braços, monitor e tudo. Ele lançou um olhar para

Peter, que o encarou. Ou melhor, Miles deduziu que Peter estava olhando para ele, mas na realidade, Peter estava vendo o computador "flutuar" no ar, devido à invisibilidade de Miles.

— E, obviamente, você deve estar instável — a mulher comentou para Peter.

Instável? pensou Miles. *Como ele ficou do lado de fora do apartamento do tio Aaron.*

— Instável? — Peter repetiu, fingindo calma. — Não. Por que você diria isso?

— Se você ficar nesta dimensão por muito tempo, seu corpo vai se desintegrar — revelou a cientista. E então o tom de sua voz mudou de forma assustadora. — Vai ser muito doloroso e muito interessante. Acho que vou assistir.

Então ela moveu o pulso em direção à boca e falou para o relógio.

— Chame o Fisk. Diga a ele que tenho provas.

— Como é o seu nome mesmo? — Peter questionou, se aproximando lentamente da porta.

A mulher sorriu para Peter, mas foi tudo menos amigável.

— Ah, eu não disse. Eu sou a Doutora Olivia Octavius. Fiquei chateada por não ter visto você morrer da primeira vez.

— Aposto que seus amigos a chamam de Doutora Octopus? — perguntou Peter.

— Meus *amigos* me chamam de Liv — ela corrigiu. — Meus *inimigos* me chamam de Doutora Octopus.

Movendo-se a uma velocidade estonteante, Peter atirou uma teia no painel que controlava a porta e a abriu.

— Eu cuido disso! — gritou para Miles. — Corre!

CAPÍTULO 17

Miles estava correndo pelo corredor, tentando equilibrar o computador e o monitor. Não eram pesados, não com sua força de aranha. Mas eram um volume esquisito e não eram as melhores coisas com as quais correr.

Enquanto corria, notou algo peculiar. Em um momento, estava invisível, e no seguinte, completamente visível. Parecia uma luz estroboscópica humana, acendendo e apagando.

Estava tão concentrado em sua situação que nem notou a assistente de laboratório até ter se chocado com ela. Ambos caíram no chão.

— Ah! — gritou Miles. — Desculpe!

— AH! — a assistente de laboratório gritou de volta.

— Sinto muito. Tenho que ir!

Com isso, Miles se levantou e voltou a correr, mas não sem antes notar que a assistente de laboratório parecia estranhamente familiar.

Parecia com Wanda...

A próxima coisa que Miles viu foi Peter atravessando a parede à sua frente, caindo aos pés de Miles em meio aos escombros. Ele viu um lampejo de algo metálico no buraco por onde Peter havia passado.

Miles ficou parado, mais uma vez invisível, e estupefato. Ele ergueu o computador e o monitor e deu de ombros.

— Tudo bem, deixe-me contar as boas notícias. Não precisamos do monitor — disse Peter. Ele o tirou de Miles e jogou no chão. Então soltou uma teia e já estava passando pela porta quando Miles viu.

Ela.

Era a cientista, a de antes. No entanto, ela estava... diferente. Ela usava algum tipo de arnês, com quatro braços metálicos que a seguravam no ar. Ela se elevou acima de Miles.

— Peter, você não me contou que tinha um amigo invisível — a Doutora Octopus disse, cada palavra dela cheia de ameaça.

— Peter! — Miles gritou.

— Pode devolver isso, rapazinho? É propriedade da empresa.

Doutora Octopus atravessou o buraco na parede. Os tentáculos que a rodeavam ameaçavam esmagar Miles caso ele se movesse.

Então ele não o fez.

Os tentáculos, porém, se moveram.

Um serpenteou em direção a Miles, movendo-se como se estivesse vivo. Miles arquejou, quando Peter de repente o puxou porta afora.

Miles ofegava sob a máscara, agarrando o computador como se sua vida dependesse disso. Levou um segundo para ele perceber que não estava em perigo imediato. Ele e Peter ainda estavam nas instalações da Alchemax, mas agora estavam em um salão grande e bastante cheio. Havia pessoas sentadas nas mesas, todas olhando para os dois esquisitos usando fantasias de Halloween. Em um lado da sala, havia uma longa vitrine cheia de comida.

O refeitório.

— Esta seria uma boa hora para ficar invisível — Peter sugeriu baixinho, sem olhar para Miles.

— Seria — Miles concordou.

— Homem-Aranha? — perguntou um dos seguranças na sala, aproximando-se.

— Sabe, é engraçado, muita gente me diz isso — respondeu Peter.

— Oi — Miles acrescentou.

Então o segurança sacou uma arma e, de repente, as outras pessoas sentadas se levantaram e seguiram o exemplo.

— Ei! — um deles gritou. — Mãos ao alto!

Peter e Miles dispararam pelo refeitório, correndo pelas portas. Agora estavam do lado de fora, e Miles podia ver a floresta ao longe.

— Hora de balançar — anunciou Peter — como ensinei a você!

— Quando você me ensinou isso? — retrucou Miles.

— Não ensinei. É uma piadinha para nos unir como time! — Peter respondeu, então atirou um de seus lançadores de teia para Miles. — Vamos nessa!

O que devo fazer com isso? o garoto pensou. *Não sei o que fazer com...*

Então Peter o empurrou do telhado.

— Depressa!

Peter estava na frente, mas Miles não estava pegando o jeito. Ele estava tentando atirar as teias, mas continuavam

HOMEM-ARANHA NO ARANHAVERSO

ficando emaranhadas. Não ajudava o que os seguranças abaixo, no solo, estivessem atirando neles.

Isso é doideira, pensou Miles. *Preciso sair das árvores antes que me matem.*

Miles largou a teia e aterrissou no chão da floresta abaixo. Então começou a correr.

— O que está fazendo aí embaixo? — Peter gritou com ele.

— Corro melhor do que vou de teia! — Miles respondeu, acelerando.

— Tem que ir de teia ou eles vão pegar você!

Miles perdeu a paciência.

— Bem, então, talvez você devesse ter me ensinado em vez de comer aquele cheeseburger!

Sem aviso, Miles sentiu o zumbido na base do crânio que entendeu que significava que havia perigo por perto. Um momento depois, ele ouviu um zumbido metálico, e então viu a Doutora Octopus cortando árvores com um tentáculo de serra circular e se aproximando.

Percebendo que Peter estava certo, Miles apontou seu lançador de teias para um galho de árvore e apertou o gatilho na palma da mão.

THWIP!

Errou.

— Mire com os quadris! — Miles virou a cabeça e viu Peter se voltando atrás dele. — Olhe para onde quer chegar. Alinhe os ombros! Não esqueça de acompanhar. Não salto com o seu pé de trás!

O som da serra se aproximou e, em desespero, Miles correu subindo uma árvore.

— É coisa demais! — gritou Miles.

— Então pare de me escutar!

— Que tipo de professor você é?

Enquanto a Doutora Octopus se aproximava, Miles apontou seu lançador de teias para uma árvore distante e endireitou os ombros. Então, mais uma vez, apertou o gatilho na palma.

THWIP!

A teia se grudou exatamente no galho que Miles estava mirando.

— Ah, obrigado! — Miles exclamou. — Uau! Eu estou conseguindo!

— Muito bem, Miles! — Peter disse, observando Miles balançar para a árvore seguinte. — Isso foi muito bom! Você realmente ouviu tudo o que eu disse.

— Tá bom — disse Miles, sentindo que de alguma forma Peter estava levando o crédito por seu sucesso.

— Olhe para nós — acrescentou Peter. — Somos um pequeno time. Eu, o professor que ainda é capaz de fazer isso, você, o aluno que consegue fazer, mas não tão bem. Estou orgulhoso de nós! Há algo que queira me dizer?

Mas antes que Miles pudesse falar qualquer coisa, Peter tremeu, instável, e caiu da árvore, parando em um galho abaixo.

Por instinto, Miles se lançou em direção a Peter. Aterrissou bem ao lado dele, mas o impacto fez com que o galho se quebrasse, atirando-o com Peter no chão abaixo. Junto com o computador que Miles estivera carregando.

O computador caiu, bem nos braços da Doutora Octopus.

Ela sorriu. Tinha o que queria. Junto com os seguranças, ela cuidaria de Miles e de Peter.

Não posso acreditar que é assim que acaba.

E no instante seguinte, Miles viu um borrão de preto, branco e rosa passando, avançando direto para a Doutora Octopus. Miles mais uma vez tinha a posse do computador.

O borrão preto, branco e rosa parou, e Miles viu uma garota de aparência misteriosa, usando um capuz de aranha e uma máscara. Ela amarrou Miles e Peter juntos numa teia, içando os dois por cima do ombro, e juntos saíram saltando.

Um pouco depois, pararam em uma clareira. A Doutora Octopus e os seguranças estavam muito longe deles agora. Pela primeira vez desde que todo o caso Alchemax tinha começado, Miles respirou fundo. Ele queria desmaiar e dormir por uma semana.

A jovem com o uniforme de aranha olhou para Miles e Peter e tirou a máscara.

— Oi, pessoal — cumprimentou, sorrindo.

— Gwanda? — Miles perguntou, incrédulo. Ela era idêntica à garota nova da Visions!

— É Gwen, na verdade — ela respondeu. — Sou de outra dimensão. Quer dizer, de mais uma outra dimensão.

Miles ficou sem chão. Como sempre, ele não sabia muito bem o que dizer. Então comentou:

— Curti seu corte de cabelo.

Gwen deu uma pequena sacudida no cabelo.

— Você não tem direito de curtir o meu cabelo.

O som de tiros ecoou pela floresta.

— Ok, pombinhos — interrompeu Peter. — Acabou. Tem caras maus atrás de nós. Espalhem-se.

Gwen disparou seu lançador de teias, agarrando um galho. Então, Peter a seguiu, e ambos se afastaram.

Miles tentou fazer a mesma coisa. Ele se atrapalhou por um momento, até que firmou o braço e saiu do tiro.

— Quantas pessoas aranhas mais existem? — ele perguntou, se afastando, seguindo Gwen e Peter.

CAPÍTULO 18

O encontro na Alchemax deixou Miles abalado. Levou a viagem de ônibus de volta a Manhattan inteira para ele compreender a história de Gwen. Que ela viera de seu universo graças a um incidente de colisão semelhante ao acidente que Miles testemunhou na outra noite. E que ela tinha ido para a Visions Academy, onde encontrou Miles, por algum instinto.

— Gostei do uniforme — Gwen disse.

Miles sorriu, feliz por ela finalmente estar ficando mais amigável com ele depois do incidente com o cabelo.

— Obrigado — ele respondeu.

— Parece dizer, *é, eu não me importo com a minha aparência*. Sabe? Acho maneiro.

— Não consigo dizer se você está sendo sarcástica — comentou Miles, intrigado de verdade.

— Para ser honesta, também não consigo — revelou Gwen. — Ainda estou tentando entender.

Um ronco alto interrompeu a conversa, quando Miles se virou para ver Peter roncando no banco atrás deles.

— Esse cara está ajudando você? — perguntou Gwen.

Miles pensou por um momento.

— Sim — ele respondeu. — Quer dizer, na verdade, ele é bem legal.

— Porque podemos deixá-lo para trás — ela sugeriu. Mais uma vez, Miles não tinha certeza se ela estava brincando ou não.

— Consigo ouvir você — disse Peter.

— Eu sei — Gwen respondeu.

Miles observou a casa simples. Era noite e eles estavam no Queens. A varanda estava cheia de buquês de flores.

De repente, todas as luzes da casa se acenderam ao mesmo tempo. A porta da frente se abriu um pouco e Miles viu uma senhora olhando para fora. Ele a reconheceu; ele tinha visto ela no dia anterior, na capela.

— Vocês são todos muito bondosos, mas não quero falar com mais fãs hoje, por favor — declarou a mulher, cansada.

Então a mulher olhou melhor para Peter, Miles e Gwen, e pareceu que um raio tinha acabado de atingi-la. Seus olhos se arregalaram, e ela saiu para a varanda.

— Tia May... — disse Peter.

— Peter... — Tia May falou, atordoada.

— Bem, isso vai parecer loucura..., mas tenho quase certeza de que sou de...

— Uma dimensão alternativa — tia May terminou.

— Sim — confirmou Peter. Miles lançou um olhar para seu mentor. Sem a máscara, Miles podia jurar que Peter estava prestes a chorar.

— Você parece cansado, Peter.

— Eu estava lá quando tudo aconteceu — revelou Miles. — Sinto muitíssimo.

— E qual é o seu nome? — Tia May perguntou

— Eu sou Miles.

— Gwen.

— Então, o Peter tinha algum lugar onde a gente poderia fazer outro trequinho? — Miles pegou a chave de sistema quebrada e mostrou para tia May.

— Sigam-me — ela convidou.

Tia May conduziu os três Aranhas pelo quintal até um galpão de jardim.

De repente, Peter ficou animado.

— Eu tenho um desses! — ele disse, a voz se elevando. — Um pequeno galpão onde guardo meu equipamento de aranha!

Um símbolo de aranha na porta começou a brilhar, e a porta se abriu, revelando um pequeno espaço.

Um elevador.

Os quatro entraram e acionaram o elevador. Miles observou a porta se fechar e sentiu a coisa toda descendo.

Quando as portas se abriram, Miles estava no paraíso das aranhas. Era um laboratório subterrâneo gigante, cheio de todos os tipos de equipamentos científicos incríveis. Era a sua ideia de paraíso. Havia lugares para relaxar e diversas fotos do Homem-Aranha em ação.

— Uau! Cara, o seu era assim? — Miles perguntou.

— O meu era como o dele — Peter meditou —, mas tire o Jeep, o avião... imagine menor. Imagine um colchonete. Estou triste por esse cara.

Miles riu, e então observou um pouco mais. Havia vários trajes de aranha, diferentes versões da clássica roupa vermelha e azul. May notou Miles boquiaberto e se aproximou dele.

— Ele sempre soube que não era um trabalho fácil — comentou. — Ele passou um bom tempo tentando entender essa história de colisor. Buracos negros, dimensões; tudo me parecia muito confuso, mas veja... aqui estão todos vocês. Vocês e os outros.

— Outros? — Gwen entrou na conversa.

Foi quando Miles os viu.

Um homem, vestido de preto e branco, saindo das sombras. Definitivamente um Aranha.

Uma garota de cabelo preto, talvez da idade de Miles? Saltando e aterrissando no chão. Um estranho robô-aranha pousando no chão logo atrás dela.

Um... porco?

— Meu nome é Peter Parker — apresentou-se o Aranha em preto e branco.

— Meu nome é Peni Parker — disse a garota. Ela apontou o polegar para o robô que a seguia de perto. — Este é SP//dr.

— Meu nome é Peter Porker — bufou o porco. — Também conhecido como Presunto-Aranha.

— No meu universo, o ano é 1938 — disse o Peter em preto e branco.

— No meu universo, o ano é 3145 — revelou a garota.

— Ok. Deixe-me adivinhar — Gwen disse, tentando trazer alguma ordem ao caos. — Do nada, todos vocês foram sugados para fora da própria dimensão.

Todos assentiram. Então Miles arquejou quando Peter Porker e o Aranha preto e branco ficaram instáveis.

— Bem, isso ficou muito mais... — Peter começou, antes de ficar instável novamente. — Complicado.

— Se todos vocês estão aqui e estão todos assim... meu trabalho acabou de ficar muito mais difícil — disse Miles. — Todos os seus universos também estão em perigo. Se eu não conseguir terminar o que Peter começou, sua casa, minha casa, todas vão ser destruídas.

O Homem-Aranha de preto virou-se para Miles.

— Quem é você mesmo? — ele perguntou.

Peter se adiantou.

— Este é o Miles. Ele vai salvar o multiverso.

O porco olhou Miles de cima a baixo, depois olhou para Peter.

— Como ele vai fazer isso?

— Nós descobrimos como — respondeu Peter.

Descobrimos? pensou Miles.

CAPÍTULO 19

Miles perdeu a noção do tempo. Eles estavam no esconderijo-laboratório secreto de Peter — o outro Peter — sabe-se lá há quanto tempo. Uma hora? Duas? Mais?

O tempo todo, os Aranhas deram conselhos a Miles sobre como usar seus poderes. Faça isso, faça aquilo, tente isso, tente aquilo. Era coisa demais ao mesmo tempo, vinda de todos os lados. Ele só tinha seus poderes de aranha há alguns dias, e agora um fardo imenso tinha sido colocado sobre seus ombros de treze anos.

Nada demais, pensou Miles. *Apenas o destino do mundo.*

Apenas ver esses indivíduos de diferentes dimensões se unindo em prol de uma causa comum: impedir Fisk e salvar seus universos, fez Miles se sentir como se... como se...

...talvez ele não fosse digno. Talvez ele não fosse capaz.

Então, quando pensou que ninguém estava olhando, ele foi até o elevador e entrou.

Talvez eu só precise de um pouco de ar fresco.

Ou talvez... talvez eu só precise me afastar de tudo isso.

A porta do elevador se abriu e Miles saiu para o ar frio da noite. Ele respirou fundo e olhou ao redor do minúsculo quintal de May.

O que estou fazendo? Não sou capaz de fazer isso. Não tem jeito. Eu não consigo.

— O que há com você, sabe... o que está sentindo? — perguntou uma voz às suas costas.

Peter.

— Eu não sou como vocês. Não sou capaz de fazer isso — explicou Miles. Tudo parecia tão sem esperança. Ele soava e se sentia derrotado.

— Olha, garoto, você precisa me ajudar.

— *Eu* tenho que ajudar *você*? — Miles perguntou, incrédulo.

— Sim — confirmou Peter. — Quero dizer, isso é novo para mim. Não sei ser um mentor. Tenho 38 anos e mal consegui entender essa coisa de ser Homem-Aranha.

Miles fez uma pausa.

— Eu tenho que salvar o mundo, Peter.

— Bem, aí está o seu problema. Você não pode pensar em salvar o mundo inteiro. Você tem que pensar em salvar uma pessoa, Miles. Pense apenas em alguém que você ama.

— Minha mãe, meu tio e meu pai.

Peter pensou por um segundo.

— Nessa ordem? Quer conversar sobre isso?

Miles gesticulou com a cabeça.

— Não.

— Tecnicamente, é mais de uma pessoa, mas vou deixar passar. É o seguinte, esse negócio de herói fica muito, muito complicado, cara. Você perde coisas.

— Mas vale a pena, certo? — perguntou Miles.

— Espero que sim.

— Como eu sei que não vou falhar?

— Você não sabe — disse Peter, sorrindo. — É um salto de fé. No final das contas, é apenas isso, Miles. Um salto de fé. Isso é tudo o que eu tenho.

Com isso, Peter voltou para dentro da toca dos Aranhas. Miles ficou sozinho por um momento e sentiu seu telefone vibrar. Ele o tirou do bolso e olhou para a tela. Duas chamadas perdidas de sua mãe. Quando deslizou a notificação, ele viu o papel de parede em seu celular.

Era uma foto do mural que ele e seu tio Aaron haviam pintado, na outra noite.

Ele precisava de alguém com quem conversar. Alguém que não o julgaria, que apenas escutaria. Alguém que não tentaria dar a ele todos esses conselhos sobre o que deveria fazer com seus poderes.

Tio Aaron, pensou. *Preciso ver o tio Aaron.*

Miles percebeu que devia saber disso inconscientemente, porque estivera indo em direção à casa do tio o tempo todo. Com seus novos poderes, Miles escalou o prédio do tio, parando na escada de incêndio em frente à janela. Respirando fundo, abriu a janela e entrou.

— Tio Aaron? — Miles chamou. Mas não houve resposta. É claro. Miles balançou a cabeça, irritado com o próprio esquecimento. Ele sabia que o tio Aaron ainda estaria fora da cidade. Essa coisa de super-herói devia estar mexendo com seu cérebro ainda mais do que imaginava.

O telefone começou a tocar e Miles esperou que a secretária eletrônica atendesse. Ouviu a mensagem gravada do tio. Então uma voz familiar:

— Aaron, é Jeff. Preciso que você me ligue se tiver notícias de Miles. Ele gosta de você e está desaparecido. Você sabe que eu não entraria em contato se não fosse importante. Obrigado.

Papai.

Sem saber mais o que fazer, Miles procurou na cozinha do tio um bloco de papel e uma caneta. Então começou a escrever um bilhete:

Tio Aaron
Tenho que fazer uma coisa muito mortal. Se algo acontecer, por favor, diga adeus aos meus pais.
P.S. eu sou Hom...

Antes que pudesse terminar o bilhete, ele ouviu um barulho na escada de incêndio. Então a sensação de queimação e zumbido na base de seu crânio.
Perigo?
Miles viu uma silhueta se aproximando, vindo em direção à janela. Ele reconheceu a forma no mesmo instante.
O Gatuno.
O que o Gatuno está fazendo aqui?!
Aquela sensação de nervosismo brotou em seu estômago, e, quando Miles olhou para a janela, viu algo estranho.
Ou melhor, ele *não* viu algo estranho.
Ele não viu a própria mão.
Tinha ficado invisível de novo.

— Sim, olá, Sr. Fisk — o Gatuno disse ao telefone. — Estou com as fitas de segurança do túnel aqui. Se o garoto estiver por aí, eu o encontrarei.
O Gatuno estava agora dentro do apartamento, a centímetros do invisível Miles. Quando ele tirou a máscara, foi preciso toda a força de vontade de Miles para que ele não gritasse.
O Gatuno era o tio Aaron.

— Você me conhece, senhor — ele falou ao celular. — Eu nunca desisto.

Sem querer, Miles ofegou.

Tio Aaron virou a cabeça na direção de Miles. Ele recolocou a máscara.

Miles, ainda invisível, recuou até a janela. O Gatuno deve tê-lo notado, de alguma forma, porque o seguiu.

Num piscar de olhos, Miles estava fora da janela, caindo, agora completamente visível.

Com o Gatuno em seu encalço.

CAPÍTULO 20

— **O trequinho está pronto! — Peni disse com** uma nota de triunfo na voz.

Ela estava trabalhando no computador na sala de estar, bem ao lado de tia May, quando a porta da frente se abriu.

— Meu tio!

Miles mal conseguiu falar enquanto tropeçava para dentro. Ele estava com falta de ar e se sentia como se fosse vomitar. Ele não diminuiu o ritmo desde que fugiu do apartamento do tio. Afinal, o Gatuno provavelmente estava bem atrás dele, e Miles estava com medo de que ele o seguisse aonde quer que fosse. Mas ele não tinha para onde ir e sabia disso.

Era demais, e não seria capaz de lidar com isso sozinho.

— Ei, onde você estava? — perguntou Peter. — Nós...

— Meu tio Aaron, ele-ele-ele é o Gatuno! Ele trabalha para Fisk... Ele tentou me matar!

Erguendo o olhar, Miles viu os Aranhas de diferentes universos ao seu redor, todos prontos para a ação, todos preparados para ajudá-lo.

— Você foi seguido? — perguntou Gwen.

— Não — disse Miles com uma certeza que não sentia.

Espero ter despistado o Gatuno. Tenho certeza que o despistei. Tipo, 60% de certeza? 45%?

Então ele pensou.

E se eu não o despistei em absoluto?

Miles não precisou esperar muito tempo para ter a resposta. O chão tremeu e tentáculos metálicos quebraram a parede. Revestimento e madeira voaram para todo lado quando a Doutora Octopus entrou na sala. Ela estava acompanhada por Lápide e por outro vilão com tentáculos, o Escorpião.

— Tudo bem — admitiu Miles. — Acho que fui seguido.

— Acho que vou ficar com isso — disse a Doutora Octopus, gesticulando para Peter. Miles olhou para as mãos de Peter e o viu segurando a nova chave de sistema que ele tinha feito.

Então o Escorpião saltou na frente de Miles, bloqueando seu caminho. Sem nem pensar, Miles pegou algo para se defender. Infelizmente, eram almofadas de sofá.

— *¿Estás listo?* — disse o Escorpião. — *Dale, niñito.*

— *¡Prepárate, que te vas a morir!* — respondeu Miles.

Antes que o Escorpião pudesse atacar, Peni executou uma cambalhota perfeita para dentro da armadura SP//dr. SP//dr atravessou o teto.

Os tentáculos de Octopus se estenderam para agarrar o pen drive. Ao partir para cima da inimiga, Peter atirou a unidade para o Homem-Aranha em preto e branco.

Outro tentáculo se estendeu, tentando esmagá-lo. Então, o Aranha preto e branco jogou a unidade para o porco usando o uniforme aranha.

Lápide pegou um sofá e atirou em Gwen. Ela abaixou, agarrou-o com uma teia e jogou-o de volta em Lápide. O móvel lançou o grande brutamontes contra e através da janela da frente.

Em questão de segundos, a batalha se espalhou da casa de tia May para a vizinhança. Os Aranhas atraíram Doutora

Octopus, Lápide e o Escorpião para fora. Octopus estava gritando, Miles conseguia ouvir, desesperada para obter o pen drive.

Que Miles viu jogado no meio de uma pilha de escombros no chão da sala.

Quem deixou cair? ele se perguntou. *Não importa. Tenho que pegar!*

Miles estava pegando a unidade do chão quando sentiu a sensação de queimação na nuca. Ele se virou, apenas para se ver cara a cara com o Gatuno.

— Não seja tolo, garoto — o Gatuno disse, mostrando as garras, golpeando Miles.

Correndo escada acima, Miles tentou fugir do tio. Mas o Gatuno agarrou sua perna, puxando-o para baixo. Miles chutou, fazendo o Gatuno soltá-lo.

Ele correu escada acima, onde encontrou um buraco gigante no telhado.

SP//dr deve ter feito isso quando Peni disparou para fora daqui, pensou.

Miles saltou pelo buraco e teceu uma teia. Mas antes que ele que pudesse fugir numa teia, o Gatuno saltou para o telhado, bloqueando seu caminho.

— Não há mais para onde correr! — disse o Gatuno. — Entregue, agora!

O coração de Miles estava acelerado. Ele podia ouvir a pulsação nos ouvidos. Só conseguia pensar em uma coisa para fazer.

Ele tirou a máscara.

O Gatuno cambaleou para trás.

— Miles? — ele exclamou.

— Tio Aaron — Miles estava tremendo.

Então o Gatuno tirou a máscara.

— Ah, não, não, não, não — disse tio Aaron.

— Gatuno, o que está esperando? Acabe com ele. Ou eu vou!

Miles olhou para o chão abaixo e viu Wilson Fisk parado ali. Esperando. Esperando que o tio de Miles fizesse o impensável.

— Por favor, tio Aaron — Miles implorou.

Tio Aaron encarava o sobrinho e devagar, bem pouco, baixou as garras.

Um tiro foi disparado.

Fisk.

Miles sentiu seu corpo ser empurrado para o lado quando o tio o agarrou, empurrando-o para o telhado.

O tio recebeu a bala destinada a ele.

Miles não conseguia se mexer, ele não conseguia acreditar no que estava acontecendo. Viu Peter balançando abaixo, batendo em Fisk, derrubando-o. Ouviu Peter gritar alguma coisa para ele, mas não conseguiu entender.

Tudo o que conseguiu fazer foi pegar o tio nos braços e balançar na teia para longe da casa de May.

CAPÍTULO 21

O beco estava escuro.
Tão sombrio quanto o estado de espírito de Miles.
— Miles... — Tio Aaron gemeu.
— Tio Aaron. É minha culpa — ele disse, enquanto se ajoelhava acima do tio.
— Não, Miles — o tio disse, tentando respirar com muita dificuldade. — Sinto muito. Eu queria que você me admirasse. Eu decepcionei você, cara, eu decepcionei você. Você é melhor que todos nós, Miles. Você está no caminho certo. Apenas... continue... apenas continue...
Miles estava em prantos, soluçando, mas nenhum som saía.
Ele abraçou o tio, seus rostos colados. Miles não conseguia mais sentir a respiração do tio.
— Mãos ao alto!
Miles não precisava se virar. Ele reconheceu a voz, conhecia-a melhor do que a sua.
Seu pai.
— Levante os braços agora! Vire-se!
Por reflexo, Miles ficou invisível. O pai correu, perplexo com o que acontecera.

Jefferson olhou para baixo e ficou claro que reconheceu o corpo sem vida caído no chão.

— Aaron? Aaron. Não... — chamou com a voz embargada. Ele se abaixou e tocou o rosto do irmão.

Jefferson agarrou seu rádio de ombro e cerrou o maxilar.

— Todas as unidades. Quero um alerta geral sobre um novo Homem-Aranha.

Miles correu pelo corredor de seu dormitório, indo direto para o quarto. Agarrou a maçaneta, abriu a porta e quase arrancou-a das dobradiças. Então ele fechou-a com força, e o reboco ao redor do batente rachou.

— É tudo culpa minha! — Miles gritou enquanto empurrava todos os deveres de casa e livros empilhados em sua mesa. Eles caíram no chão, espalhando-se por toda parte. Em seguida, ele derrubou uma cadeira e assistiu a ela se despedaçar.

Era como se ele não soubesse a extensão da própria força.

E ele não se estava se importando.

Tudo o que ele sabia era que o tio estava morto e ele se sentia responsável, de alguma forma. E agora o próprio pai queria capturar Miles, como se Miles fosse algum tipo de criminoso.

— Ei, cara, você está bem?

Miles ergueu o olhar e viu Peter enfiando a cabeça pela janela do dormitório. Depois o Aranha em preto e branco, o porco, Peni e Gwen.

— Todos nós já passamos por isso — revelou Peter, sua voz surpreendentemente gentil. — Para mim, foi o tio Ben.

O Aranha em preto e branco falou baixinho.

— Para mim, foi o tio Benjamin.

— Para mim, foi meu pai — contou Peni solenemente.

— Para mim, foi meu melhor amigo — acrescentou Gwen.

— Para mim... foi quando meu tio foi morto na minha frente. Tio Frank Furter. Ele foi eletrocutado. Cheirava tão bem.

O porco disse isso.

— Foi minha culpa. Vocês não entenderiam — explicou Miles.

— Miles, provavelmente somos os únicos que *de fato* entendem — argumentou Gwen, tentando acalmar Miles.

Ela está certa. Eu sei que ela está certa.

Miles tinha tantos sentimentos borbulhando dentro de si, que a única coisa que sabia com certeza era que precisava fazer alguma coisa. Tinha todos esses poderes, podia fazer todas essas coisas incríveis e precisava usá-los para alguma coisa. Algo bom.

Temos que levar vocês para casa, pensou Miles.

Mas quando se virou para olhar para seus companheiros aranhas, viu apenas Gwen saindo pela janela e Peter permanecendo no quarto. Os outros já tinham saído.

— O que está acontecendo? — Miles disse, segurando a chave de sistema.

— Tchau, Miles — Gwen disse, em voz baixa.

— Miles — disse Peter, com a voz vacilante. — Vim me despedir.

— Podemos nos despedir no colisor!

— Você vai ficar aqui.

— Eu preciso estar lá — disse Miles, praticamente implorando. — Para que todos vocês possam ir para casa!

— Eles estão indo para casa — disse Peter. — Eu sou o único que vai ficar.

— Você está tomando meu lugar? — Miles perguntou, incrédulo.

— Nem tudo dá certo, garoto — disse Peter. — Eu preciso do trequinho. Por favor, não me faça tirá-lo de você.

— Isso não é justo — Miles protestou. — Você tem que dizer a eles que eu consigo fazer isso! — Ele olhou para Peter, e, no mesmo instante, ficou claro que esta não havia sido uma decisão do grupo. Peter, Peter sozinho, tinha decidido.

— Foi minha decisão, Miles.

Miles deu um passo à frente, diminuindo a distância entre ele e Peter.

— Eu tenho que fazer o Fisk pagar! Você tem que me deixar fazê-lo pagar! Estou pronto! Eu prometo!

Com um movimento rápido, Peter quase derrubou Miles no chão, segurando-o no último segundo.

— Então me acerte com veneno agora mesmo. Ou fique invisível por vontade própria para conseguir passar por mim.

Do fundo do coração, Miles se esforçou para fazer qualquer uma dessas coisas. Mas não estava acontecendo. Ele se odiou por isso.

— Olha, eu sei o quanto você quer isso, garoto — Peter disse, tentando consolar Miles. — Mas você não tem o que é necessário.

Antes que Miles conseguisse fazer qualquer coisa, Peter prendeu uma cadeira embaixo de Miles e a fez girar, envolvendo o adolescente em um casulo. Depois, Peter pegou a chave de sistema.

— Desculpe, mas tem que ser eu — lamentou Peter, com tristeza. Ele não conseguia sequer olhar para Miles.

— Peter, me escute... — Miles começou a dizer.

Então Peter fechou a boca dele com uma teia.

— Agora você não precisa ser o Homem-Aranha — disse Peter, e pulou pela janela, balançando na noite.

Ele estava tão tomando pela autopiedade que nem ouviu as batidas no início. Mas o som veio de novo, insistente.

TOC TOC TOC.

Miles rolou a cadeira até a porta e então ouviu a voz.

— Miles! Miles, é seu pai! Eu estive procurando por você. Por favor abra a porta.

Devagar, Miles afastou a cadeira da porta, um centímetro por vez, o mais quieto possível.

— Miles, eu consigo ver sua sombra se movendo.

Miles parou.

— Sim. Está certo, já entendi. Entendi. Ainda me ignorando — disse Jefferson. — Olha, podemos conversar por um minuto? Alguma coisa aconteceu com... às vezes as pessoas se afastam, Miles. Mesmo quando não querem. Eu... não quero que isso aconteça com a gente.

Ouvindo o pai pela porta, Miles achou que ia chorar de novo.

— Olha, eu sei que nem sempre faço o que você precisa que eu faça, ou digo o que você precisa que eu diga, mas... Eu vejo uma... uma chama em você. É incrível, e é por isso que cobro você. Mas é sua, e o que quer que escolha fazer com ela, você será ótimo.

Miles queria dizer alguma coisa, mas não conseguia.

— Sei que eu disse que você não tem escolha, mas você tem. Olha, me ligue quando puder, ok? — Jefferson terminou. — Eu amo você. Mas não precisa falar de volta.

Então ele ouviu os passos do pai, enquanto Jefferson voltava pelo corredor.

Fechando os olhos, Miles se concentrou e suas mãos começaram a fervilhar de energia. Era sua rajada de veneno; e ele tinha total controle. A carga transbordou, fritando a teia, libertando Miles de suas amarras.

CAPÍTULO 22

Havia algo errado.

Onde estavam os Aranhas?

Miles voltou para o túnel do metrô onde tudo começou, apenas alguns dias atrás. Ele sabia a localização exata do supercolisor de Fisk e estava preparado para fazer o que fosse necessário para impedir que a máquina destruísse seu mundo, junto com inúmeros outros.

Mas, para isso, ele precisaria da ajuda dos Aranhas. Ele deduziu que eles já estariam aqui. Contudo, não havia sinal deles. Apenas um bando de homens de Fisk guardando a cerca. E, perto deles, algumas latas de tinta spray que Miles e seu tio haviam deixado para trás na outra noite.

Por que eles ainda não estão aqui? pensou Miles. *Será que Fisk os pegou?*

Um dos homens disse:

— Que tal terminar isso? — e pegou uma lata de tinta spray. Então ele começou a acrescentar ao mural.

Miles ficou enjoado ao ver algo que ele e o tio haviam criado juntos desonrado daquele jeito.

Em seu estado invisível, era simples para Miles escalar a cerca e descer pelo túnel, sem ser notado. Ele observou o guarda escrever Ronald com a tinta spray no mural.

Era demais.

O Aranha invisível pegou a lata da mão do homem e, em um piscar de olhos, tornou-se visível. Ele atirou o homem em direção à cerca e o acertou com uma rajada de veneno. O capanga de Fisk estremeceu, depois bateu na cerca, seu corpo eletrificando a própria cerca. Todos os homens que estavam encostados na cerca receberam um choque forte e caíram no chão, gemendo.

Invisível de novo, Miles continuou se esgueirando, passando furtivamente pelos guardas armados de Fisk, bem como pelo Escorpião.

"Iniciando a sequência de ignição secundária".

Miles reconheceu a voz no mesmo instante como sendo do computador que controlava o colisor.

Preciso me apressar, ou vai estar tudo acabado. Tipo, acabado mesmo.

Correndo pelo teto do túnel, ele encontrou uma escotilha que sobrevivera à explosão que ocorrera na câmara e a abriu com seus dedos pegajosos. Então, rastejou para dentro.

Alguns segundos depois, encontrou outra escotilha; Miles a abriu, caindo no chão abaixo. Ele estava dentro da sala do colisor.

E os Aranhas também.

Eles já estavam todos lá, mas estavam instáveis. Muito. Miles podia vê-los enquanto rastejavam pelo teto.

"Abertura detectada", soou a voz do computador. "Abertura em zero ponto quarenta e dois micrômetros e contando".

A câmara estremeceu, e Miles só podia imaginar o estrago que estava se espalhando pela cidade.

Miles observou um portal começar a crescer, cada vez maior, pulsando com energia. Então a voz do computador soou mais uma vez: "Entrelaçamento quântico confirmado".

O que eles estão entrelaçando? pensou Miles. *Ou... quem?*

Miles observou enquanto Peter alcançava o painel de controle e puxava a chave de sistema que havia tirado de Miles. Ele estava prestes a inseri-la, quando quatro tentáculos metálicos abriram um buraco no teto.

Doutora Octopus.

— Que prazer vê-lo de novo, Peter — a Doutora disse sarcasticamente.

Seus tentáculos estalaram, acertando Peter. Os outros Aranhas pularam em seu auxílio, mas agora, os capangas de Fisk haviam se reunido e estavam disparando suas armas contra os aracnídeos. Eles deveriam ser capazes de combatê-los com facilidade, mas toda a instabilidade, que só tinha piorado, estava tornando quase impossível.

— É uma emboscada! — Gwen gritou, saltando para lutar contra a Doutora Octopus. Afastando-a com um tentáculo, a cientista aumentou seu ataque contra Peter.

Miles sabia que tinha que manter sua presença em segredo até o último momento possível. Se quisessem ter alguma esperança de sobreviver a isso, de mandar os Aranhas para casa e salvar o mundo, todos eles, Miles precisava jogar direito.

Ele soltou uma teia e pegou Gwen no meio da queda. Ela não viu Miles, ele tinha certeza.

Então Miles olhou para o alto para ver Peter lutando contra Doutora Octopus.

— Eu disse que queria assistir — lembrou a Doutora Octopus, regozijando-se. — Adeus, Peter Parker!

Então ela pegou Peter com seus tentáculos e o atirou na viga que estava saindo do portal.

Então Miles entrou em ação. Ele saltou do chão, atirou uma teia e entrou no meio, pegando Peter e puxando-o para longe.

— Eu ensinei isso para você? — questionou Peter.

Miles aterrizou e colocou Peter no chão, no instante em que a Doutora Octopus retomou seu ataque. Os dois Aranhas ficaram lado a lado, usando seus poderes para fugir da inimiga. Um tentáculo passou veloz bem acima da cabeça de Miles, mas o rapaz desviou com facilidade.

Talvez eu esteja pegando o jeito dessa coisa de Homem-Aranha...

"Aviso, tolerância máxima excedida", veio a voz do computador. "Aviso. Tolerância máxima excedida".

Isso não pode ser bom...

CAPÍTULO 23

— Caramba, garoto! — disse o porco.

— Isto é ruim! — Miles concordou. Toda a sala do colisor foi lançada ao caos. O portal estava crescendo sem parar agora, os terremotos, ficando cada vez piores. Dentro do portal, Miles podia ver objetos aparecendo. Edifícios?

— Contudo, estranhamente, meio legal — observou Peter, estudando o fenômeno diante deles.

Antes que alguém pudesse dizer outra palavra, um carro voou para fora do portal, quase arrancando a cabeça do Aranha em preto e branco. Em seguida foi um poste de luz. Em seguida, uma barraquinha de cachorro-quente.

Enquanto se esquivavam dos vários objetos que agora começaram a surgir pelo portal, os Aranhas continuaram sua batalha contra os guardas de Fisk. SP//dr e o porco estavam mantendo o Escorpião ocupado, enquanto Gwen aterrissava na frente da Doutora Octopus.

— Vamos dançar — Miles ouviu Gwen dizer quando as duas partiram para o ataque. Gwen deu um soco na Doutora Octopus, mas foi rebatida por um dos tentáculos. Ela foi pega um segundo depois por Miles e Peter, que tinham fiado uma cesta de teia para pegá-la e atirá-la de volta contra a cientista.

Gwen a chutou bem no peito, jogando Doutora Octopus para trás em direção ao portal.

Nesse momento ela foi atropelada por um caminhão enorme que saiu disparado do portal.

— Hora de desligar essa coisa! — gritou Peter.

Que surpresa ele não ter dito "É hora da ação".

— Eu cuido disso, pessoal — declarou Miles. Então ele mostrou para Peter a chave de sistema que estava em sua mão.

— Ah, você está de brincadeira! — exclamou Peter. — Quando conseguiu isso?

— Não observe a boca — disse Miles, usando as palavras de Peter contra ele. — Vigie as mãos!

Então Miles entrou em ação. Ele saltou no ar, girando numa teia e balançando; então pousou na parede, rastejando. Depois, deu uma cambalhota e, em um piscar de olhos, estava diante do painel de controle. Ele arrancou a tampa como se fosse papel.

— Eu amo esse garoto — disse Peter.

Lá dentro, Miles viu uma entrada USB. Ele deslizou a chave de sistema e girou; foi um ajuste perfeito.

"Alerta", disse a voz do computador. "Polaridade quântica revertida".

— Ele conseguiu! — Peni gritou. — Vamos para casa!

O portal ainda estava ativo, embora Miles tivesse revertido a polaridade. Ele ainda precisava desligar a coisa, ou os terremotos continuariam e a destruição seria completa.

— Vocês têm que ir agora — disse Miles. — Preciso destruir essa coisa.

Antes que destrua todo o resto.

— Miles, você tem certeza? — Gwen questionou, incerta.

— E Fisk? — perguntou Peter.

— Ainda há muitos bandidos — acrescentou o porco.

— Pessoal! Eu sou o Homem-Aranha! — Miles disse, parecendo confiante pela primeira vez.

— Ok, tchauzinho! — o porco se despediu e pulou no portal.

Ele concordou com isso um pouco depressa demais, pensou Miles, rindo consigo mesmo.

Um a um, Miles olhou para os Aranhas restantes, e eles para o garoto.

— Arigato, Miles! — Peni disse enquanto SP//dr pulava no portal.

Ela foi seguida pelo Aranha em preto e branco.

— Eu amo todos vocês — disse ele, com a voz embargada, e Miles ficou surpreso. Em seguida, o preto e branco pulou pelo portal também.

Miles se virou para Gwen. Ele não sabia o que dizer.

— Posso elogiar seu cabelo agora? — brincou Miles.

Gwen riu.

— Gostei do seu uniforme. Combina com você.

— Eu não consigo dizer se você está sendo sarcástica...

— Eu não estou tirando sarro de você — disse Gwen. — Você é meu amigo. Até a próxima.

Eles trocaram sorrisos, enquanto Gwen pulava no portal. Restou apenas Peter.

— Sua vez.

— Não sei o que dizer. Mas... obrigado — disse Peter, procurando as palavras.

Miles ouviu um estrondo e virou para ver Fisk saindo pela janela quebrada da sala de controle do colisor.

— Eu vou atrasá-lo — Peter ofereceu. — Destrua essa coisa. Está tudo bem, garoto. — Ele parecia resignado ao seu destino, como se estivesse disposto a fazer o sacrifício final para salvar a todos.

— Sim — Miles concordou. — Está bem.

E Miles deu um chute em Peter, pegando-o completamente desprevenido, e o pendurou acima do portal.

— Isso tudo fará de você um Peter Parker melhor — disse Miles, e o atirou no portal.

Enquanto Peter desaparecia pelo portal, Miles conseguiu ouvi-lo dizer:

— Pega eles, garoto.

CAPÍTULO 24

O portal estava ficando fora de controle, e objetos variados agora apareciam aleatoriamente dentro da câmara, objetos de universos diferentes. Pedaços de concreto, placas de rua, um táxi cheio de pessoas assustadas, pedaços de uma ponte — estava tudo girando dentro da câmara.

Fisk estava lá embaixo, esperando, esperando.

Miles foi pego em toda a confusão, sendo lançado de um lado para outro enquanto as dimensões se emaranhavam. Quando deu por si, Miles estava se levantando do chão de um vagão de metrô. Fisk estava lá e começou a socar Miles.

Fisk o acertou de novo. E de novo. Miles tentou impedi-lo, mas não adiantou; Fisk lutava como se estivesse possuído.

E, então, Fisk parou de lutar por completo.

Miles, atordoado, ergueu o olhar e viu um jovem e uma mulher mais velha andando pelo vagão do trem.

— Vanessa! — Fisk gritou. — Ricardo!

— Pai?

— Wilson? — a mulher perguntou.

— Vanessa, sou eu! — Fisk disse, dominado pela emoção.

A mulher parecia confusa.

— O que está acontecendo?

— Está tudo bem, você está em casa! — Fisk gritou.

Mas alguma coisa estava errada. A mulher agarrou-se ao rapaz.

— Fique longe de nós! — gritou ela, com raiva em sua voz. — Fique longe de nós!

— Não vão! — Fisk implorou. — Fiquem comigo!

A fúria enchendo seu olhar, Fisk atacou Miles novamente, atingindo-o com golpes esmagadores.

— Você não pode trazê-los de volta! — Miles rugiu, percebendo agora exatamente o que Fisk estivera tentando fazer o tempo todo. Recuperar a família perdida, arrancando-os de outra dimensão para viver com ele nesta.

— Fica vendo! — Fisk esbravejou, socando Miles de novo e de novo.

Miles estava atordoado. No último segundo, virou a cabeça, apenas para ver Fisk vindo direto para cima dele com uma barra de aço. Atingiu a cabeça dele, fazendo seu cérebro vibrar, derrubando-o no chão.

Então todo o vagão começou a girar, e Miles olhou pela janela. Inexplicavelmente, eles estavam indo em direção à ponte do Brooklyn. O vagão bateu no concreto, saiu capotando, fazendo Miles e Fisk rolarem.

Um momento depois, Miles, atordoado, se viu de volta à câmara do colisor, jogado para fora do vagão do trem. Ele arrancou a máscara, enquanto se levantava. Então as portas do trem se abriram quando Fisk apareceu, avançando direto para Miles.

Fisk dava um soco atrás do outro, todos acertando o alvo.

Mas ainda assim Miles se manteve firme.

— É só isso? — Miles disse, encarando Fisk. Ele esperou, esperou que Fisk o reconhecesse.

E ele reconheceu.

— Consigo ver a semelhança de família — Fisk desdenhou.
— Mas seu tio não pode salvá-lo agora, pode?

— Ele não precisa — Miles respondeu, desafiador. —
Aprendi muito com meu tio. Já ouviu falar do toque no ombro?

— O quê? — Fisk hesitou.

Antes que Fisk pudesse fazer qualquer coisa, Miles colocou a mão em seu ombro e disse "Oi" e desferiu uma rajada de veneno com força total.

À distância, ele podia ver a Doutora Octopus, escalando, olhando ao redor apavorada. Miles pensou em ir atrás dela, mas antes que pudesse fazer qualquer coisa, ela pulou pelo portal.

É hora da ação.

Miles apertou o botão do painel de controle que desligaria tudo.

De modo quase instantâneo, exatamente isso aconteceu.

O colisor desligou e o tremor na câmara parou.

A voz do computador disse: "Funções da unidade sendo encerradas. Funções da unidade sendo encerradas".

Miles desabou, exausto.

EPÍLOGO

Miles atendeu o telefone. Ele só queria voltar para a cama e dormir, mas havia algo que precisava fazer. Ele estava agachado no topo de um prédio, olhando para baixo quando viu uma viatura policial do lado de fora da estação de metrô. Era o carro de seu pai. Jefferson estava dentro do carro, provavelmente preenchendo a papelada. Policiais precisavam preencher muita papelada.

Ele apertou o botão de DISCAR em seu telefone e o aproximou do ouvido.

Tocou uma vez.

— Miles! Você está bem?

Jefferson disse no receptor.

— Sim, eu estou bem — Miles o tranquilizou, soando exausto, mas tentando parecer relaxado. — Você provavelmente está ocupado, então...

— Não, não, não, não, eu posso falar! — Jefferson o interrompeu. Ele parecia feliz por saber que o filho estava bem. — Eu posso falar. Então eu apareci mais cedo porque seu tio...

— Eu sei, pai. Sinto muito — disse Miles, baixinho.

— Sim, eu também. O que eu disse na porta, não foi da boca pra fora.

— Eu sei, pai. Estou feliz por você estar bem. Eu preciso ir — Miles se despediu.

— Olha, sabe, eu estava pensando que talvez poderíamos encontrar uma parede bonita, em uma propriedade particular, como na delegacia de polícia... — Jefferson começou.

— Pai, eu...

— ...e você poderia... colocar um pouco de sua arte nela?

— Eu realmente preciso ir, então... conversamos depois, tchau! — Miles o interrompeu, desligando o telefone.

O pai ainda estava falando quando Miles puxou a máscara do Homem-Aranha sobre o rosto e saltou para a rua abaixo, pousando ao lado da viatura.

— Policial? — chamou.

— Homem-Aranha? — Jefferson disse, assustado. — Ei escute. Eu lhe devo uma...

Então o Homem-Aranha abraçou Jefferson.

— Estou ansioso para trabalhar com você — disse ele ao pai.

— Eu também, eu acho — respondeu Jefferson, claramente confuso.

— Obrigado por sua coragem esta noite. Amo você — o Homem-Aranha se despediu.

Jefferson olhou para o lançador de teias e disse:

— Espere, o quê?

Então o Homem-Aranha teceu uma teia e se lançou na noite enquanto gritava:

— E olhe para trás!

Assim, o Homem-Aranha se foi. Jefferson se virou e viu Fisk preso em um poste de luz. Jefferson andou, depois correu até o criminoso inconsciente. Quando chegou lá, viu um pequeno pedaço de papel preso no peito de Fisk que dizia apenas:

*DO AMIGO DA VIZINHANÇA,
HOMEM-ARANHA.*

SIGA NAS REDES SOCIAIS:

- @editoraexcelsior
- @editoraexcelsior
- @edexcelsior
- @editoraexcelsior

editoraexcelsior.com.br